U0921723

快乐读书 爱上语文

彩绘版 无障碍阅读

# 中外历史故事

张丝平 / 主编

天津出版传媒集团

百花文艺出版社

图书在版编目（CIP）数据

中外历史故事 / 张丝平主编 . -- 天津 : 百花文艺出版社, 2015.8 (2024.4 重印)
ISBN 978-7-5306-6804-7

Ⅰ. ①中… Ⅱ. ①张… Ⅲ. ①历史故事-作品集-世界 Ⅳ. ①I14

中国版本图书馆 CIP 数据核字(2015)第 187070 号

**中外历史故事**
ZHONG-WAI LISHI GUSHI
张丝平 主编

**出 版 人:** 薛印胜
**责任编辑:** 赵 芳
**装帧设计:** 文贤阁
**封面设计:** 宋双成
**出版发行:** 百花文艺出版社
**地址:** 天津市和平区西康路 35 号 **邮编:** 300051
**电话传真:** +86-22-23332651（发行部）
+86-22-23332656（总编室）
+86-22-23332478（邮购部）
**网址:** http://www.baihuawenyi.com
**印刷:** 天津泰宇印务有限公司
**开本:** 710 毫米×1000 毫米 1/16
**字数:** 133 千字
**印张:** 12
**版次:** 2015 年 8 月第 1 版
**印次:** 2024 年 4 月第 3 次印刷
**定价:** 29.80 元

如有印装质量问题, 请与天津泰宇印务有限公司联系调换
地址: 天津市宝坻区马家店工业区建铨道 3 号
电话:(022 )59219088 邮编:301801

# 名人推荐

■ 谢冕

1932年生，福建福州人，著名文艺评论家、诗人、作家，北京大学教授、博士研究生导师。曾任北京大学中国语言文学研究所所长，中国新诗研究所所长，《新诗评论》主编。现任中国作家协会全国委员会名誉委员，北京市作家协会名誉副主席，中国当代文学研究会副会长等。1980年他筹办并主持了全国唯一的诗歌理论刊物《诗探索》，并任该刊主编。同时，谢冕参与了北京大学中国当代文学学科建设，建立了该科第一个博士点，他也成为该校第一位指导当代文学的博士生导师。

著有《文学的绿色革命》《中国现代诗人论》《新世纪的太阳》《论二十世纪中国文学》《1898：百年忧患》等专著十余种，另有散文随笔《世纪留言》《流向远方的水》《永远的校园》等。主编《中国百年文学经典文库》(10卷)、《百年中国文学经典》(8卷)等。

## 推荐寄语

读书是一种接受前人智慧的方式。因为读书，文化得以传承和发扬。读书不仅于个人有益，也于社会发展和人类进步有益。

谢冕

**张梦阳** 作家、学者，中国社会科学院文学研究所研究员，中国鲁迅研究会副会长。著有《鲁迅杂文研究六十年》（浙江文艺出版社 1986 年出版）、《阿 Q 新论——阿 Q 与世界文学中的精神典型问题》（陕西人民教育出版社 1996 年出版）、《鲁迅对中国人的思维批判》（东方出版社 2011 年出版）等。作品曾获中国社会科学院优秀科研成果奖，其鲁迅研究书系获 1997 年国家图书奖提名奖。

**祝晓风** 中国社会科学院文学研究所编审，中华文学史料学学会近现代史料学分会副会长，南开大学教授，文学博士。曾任光明日报社主任编辑，《中华读书报》编辑部主任，中国社会科学杂志社编审、编辑中心主任，《中国社会科学报》第一届编委，《中国社会科学报》常务副主任。著有《读书无新闻》（东方出版社 2006 年出版）、《有声与无声之间》（中国社会科学出版社 2011 年出版）等。

**刘培** 山东大学文史哲编辑部教授、博士生导师，文学博士。2002 ~ 2004 年在南京师范大学博士后流动站工作。2009 年入选教育部新世纪优秀人才支持计划。著有《北宋辞赋研究》（山东人民出版社 2009 年出版）。在《文学评论》《文学遗产》《文艺研究》《北京大学学报》《南开学报》《四川大学学报》《江海学刊》等学术期刊发表论文 50 余篇。

**杜语** 线装书局出版中心副主任、第一编辑室主任、副编审、历史学博士。于 2009 ~ 2010 年在美国克莱姆森大学中国研究中心做访问学者。著有《开埠史话》（社会科学文献出版社 2000 年出版）、《英雄论英雄》（中国城市出版社 2003 年出版）、《挑战千年变局》（中国社会科学出版社 2010 年出版）等。在《中国社会科学院研究生院学报》《中国教育报》《中国农民报》《中国改革报》《人民论坛》等报刊发表论文、通讯、高层访谈等数十篇。

## 专家编审团

**杨东林** 文学博士，深圳大学文学院党委书记、中文系副教授。主要从事中国古代文学和古代文论方面的教学研究，在《文学评论》《文史哲》等刊物发表学术论文多篇。

**郭灿金** 历史作家，文学博士，河南大学副编审。著有《中国人最易误解的文史常识》（中国书籍出版社 2006 年出版）、《大唐盛世最有争议的 30 个人》（中国书籍出版社 2008 年出版）、《郭灿金读史》（长江出版集团 2009 年出版）、《史记（注译）》（中州古籍出版社 2010 年出版）等。其中，《趣读史记》系列 2007 年多次进入新浪畅销书排行榜前十名；《中国人最易误解的文史常识》曾获由中国书刊发行业协会主办的“2007 年度全行业优秀畅销品种”称号。

**宋永健** 北京市海淀区语文骨干教师，首都师范大学第二附属中学教师。致力于中、高考研究和教育科学研究工作，所写教学案例、教学设计多次荣获市、区级奖励。

**高凤香** 陕西省杨凌中学高级语文教师，杨凌作家协会副主席，《杨凌文苑》杂志副主编。著有《新课程下创新教学探析》（万卷出版公司 2013 年出版）、《温一壶月光》（敦煌文艺出版社 2013 年出版）等。

# 序言

XU YAN

苏联教育家苏霍姆林斯基曾说过："让孩子变聪明的方法，不是补课，不是增加作业量，而是阅读，阅读，再阅读。"

如果说文化是人类的一份精神遗产，那么阅读就是开启这份遗产的金钥匙。在这种美好的感情和这块灿烂的文明沃土上，优秀的文学名著传达着人类对生命、对历史、对未来的憧憬和思考，其闪耀的智慧穿越古今中外，经过岁月的磨砺，升华成今天的经典。阅读美好的有价值的文学名著，是了解社会、认知自我的有效途径。

让我们一起阅读《论语》《诗经》，阅读《红楼梦》，阅读《雾都孤儿》，阅读《安徒生童话》……日不间断，我们也许会因为书中一段华丽的诗句而激扬，也许会为某个主人公的坎坷遭遇而落泪……任思绪随着书中动人的故事飘飞。阅读的过程就是励志、炼心、启智的过程。水滴石穿，绳锯木断。天长日久，积累的是知识，培养的是情感，塑造的是品格，净化的是灵魂……

本套书考虑各年龄段读者诵读古诗文、现代文学作品，以及外国文学作品等的阅读习惯，设置了知识链接、专家解疑、智慧引路、名家导读、哲理名言、名师点拨、好词好句、阅读思考、名家品评、重点测试等栏目。全套书图文并茂，精美的彩色插图，令经典的情节完美呈现，让读者在阅读文字的同时，感受具体的情景描述，增加阅读的乐趣。

# 畅读经典文学名著，启迪智慧，唤醒心灵

知识链接

全面熟悉文学作品内容，快速掌握相关的文学文化常识。

专家智慧解答，排难解疑，扫除阅读障碍。

名家引路，撷取文章精华，提炼中心思想。

优秀名师领航，荟萃知识要点，轻松掌握重点、难点。

开启智慧的大门，引领前行，深入思考。

名人介绍

介绍文章中出的重要历史人物，帮助学生更好地理解文章内容，拓宽知识界面。

# 轻松提升语文水平，素质阅读，拓展思维

# 本书文学地位

历史不仅是知识中很有价值的一部分，而且还打开了通向其他许多部分的门径，并为许多科学领域提供了材料。

——英国哲学家　大卫·休谟

历史给我们的最好的东西就是它所激起的热情。

——德国思想家、作家、科学家　约翰·沃尔夫冈·冯·歌德

历史是生活的教师。

——意大利文艺批评家、历史学家、哲学家　贝奈戴托·克罗齐

历史以人类的活动为特定的对象，它思接万载，视通万里，千姿百态，令人销魂，因此它比其他学科更能激发人们的想象力。

——法国历史学家　马克·布洛赫

## 作品速览

历史，是记载和解释作为一系列人类活动进程的历史事件的一门学科，多数时候也是对当下时代的映射。通过阅读历史故事，读者可以了解古今中外曾经发生的事情，增长见识；历史中有许多经验可以被我们借鉴，有很多教训可以被我们吸取。本书精心选取了多篇著名的历史故事，将其分为帝王事迹、反抗之路、著名战役、惊心兵变、忠臣名将、名胜古迹、灿烂文明、古老王国和名人逸事九章来为读者一一介绍。

帝王事迹部分主要讲述了中外历史中关于皇帝的小故事，这部分既有名垂青史的明君，也有臭名昭著的昏君；反抗之路部分为我们讲述了那些遭到了残酷压迫的国家和民族奋起反抗的故事；著名战役部分带我们走进历史中那些险象环生、跌宕起伏的著名战役；惊心兵变部分选取的是我国历史中因为不同原因爆发的令人惊心动魄的兵变故事；在中外的历史上出现了很多忠君爱国、智勇双全、忧国忧民的忠臣名将，他们的高贵品格和人格魅力令人敬佩，忠臣名将部分讲述的就是他们的故事；名胜古迹部分主要介绍了古代那些令人叹为观止的古建筑、古雕像等，它们有的历经千年仍不减当年风采，有的已经不复存在了；在浩瀚的历史长河中，人类在每个不同的历史时期都创造出了风格各异的灿烂文明，第七章为我们讲述的就是有关人类灿烂文明的故事；在古代历史中曾出现过许多古老的王国，有的曾在历史上留下了浓墨重彩的一笔，有的可能我们知之甚少，第八章的主要内容就是揭示古老王国的奥秘；名人逸事部分主要讲述了发生在我们耳熟能详的知名人士身边的小故事。

通过阅读这些历史故事，我们可以学到很多明辨是非的方法、为人处世的道理。成长需要不断回味历史，一个人要进步，不可能不学历史。希望小读者们在阅读本书之后，能树立正确的世界观、人生观和价值观，提高自我修养。

## 语言特色

中外历史故事博大精深、浩如烟海，而本书的阅读对象主要是青少年，因此本书选取了一些比较著名、有趣，且能给人以启迪的中外历史故事。希望能帮助青少年了解历史，激发其阅读兴趣，并从书中学到做人、做事的道理。

考虑到广大青少年的阅读理解能力，本书在尊重历史的前提下，力求语言生动有趣，把不同时期、不同国家的历史深入浅出地展现在广大读者面前。文中故事还运用了一些修辞手法，如比喻、对比等，一方面有利于提高读者的阅读兴趣，另一方面也能提高读者写作水平。另外本书中选取的历史故事，篇幅都不太长，这是考虑到如果文章都是长篇大论，可能会打消小读者们的阅读兴趣。

历史故事多深沉厚重，所展现的场景距离现代很遥远，有些古代的名字又较为生僻，故事中涉及的人物，读者可能不甚了解，这些都会让青少年感觉枯燥乏味、理解困难。本书精心设计了多个板块，可以帮助小读者扫除阅读上的字词障碍；对于较难理解的句子，板块中从写作手法、语言特色、内容启迪等方面进行了讲解；对于书中出现的重要名人，板块中也对其做了介绍。除了讲故事以外，本书还根据故事内容配备了精美插图，这些编排都是从小读者阅读兴趣入手，旨在帮小读者解答疑难，让其更容易读进去。

历史故事记载的大多是历史人物的重要事迹，本书选取的多是一些著名人物的传奇故事，书中有惊心动魄的战争场面，有人们反抗压迫、百折不挠的励志故事，有气势恢宏、神秘莫测的古老建筑。故事中充满了智慧、哲理、伦理、道德，蕴含着传统文化的精髓。本书脉络清晰，史实具体，文字生动，构思巧妙，是一部非常适合中小学生阅读的历史知识读物。希望小读者们能从历史人物、历史事件中学习古人高尚的节操，明白做人的道理。

## 情感体验

中华文明历经原始社会、奴隶社会、封建社会至现代社会，绵延五千年不断发展，是世界上最古老、最具影响的文明之一。中国是世界上历史最完备的国家之一，其对历史的记录不仅时间长，而且内容精确详细。魁奈曾说："历史学是中国人一直以其无与匹伦的热情予以研习的一门学问。没有什么国家如此审慎地撰写自己的编年史，也没有什么国家这样悉心地保存自己的历史典籍。"中华民族历经五千年，始终不忘历史，不断用历史激励着自身前进。

《战国策》中有一句千古名句是这样说的，"前事不忘，后事之师"，这句话是告诉我们应当牢记以前的经验教训，作为今后行事的借鉴。著名的谏臣魏征曾说："以铜为鉴，可以正衣冠，以人为鉴，可以明得失，以史为鉴，可以知兴替。"可见历史对于一个人和一个民族的发展来说是多么重要。青少年多了解历史，可以丰富知识，开阔眼界，培养爱国情怀，培养历史使命感、责任感、荣辱感，树立正确的世界观、人生观、价值观。

本书中选取了很多富有哲理、积极向上的故事，我们从中可以学到很多做人、做事的道理。例如，《大禹治水》一篇讲黄河流域发生了很大的水灾，大禹带领老百姓治水，他亲力亲为、不辞劳苦，三过家门而不入，大禹这种舍小家为大家的无私奉献精神值得我们颂扬。从《居里夫人的自白》中，我们可以知道，居里夫人是在极其艰苦的条件下，付出了极大的辛苦才发现了镭，但是她却义无反顾地把镭的提炼方法公开，抛弃了一笔财富，居里夫人这种为科学献身的大公无私的精神，感染了一代又一代人。

书中这样的故事还有很多，我们从每一篇中外历史故事中都能感知到故事主人公的高贵品质和高尚的人格魅力。希望本书能帮助广大青少年读者树立正确的人生方向，陶冶道德情操，激发学习热情，促进青少年朋友的健康成长。

## 主角秀场

### 秦始皇

秦始皇嬴政（前 259 ~前 210），秦庄襄王之子。出生于赵国首都邯郸，十三岁继承王位，三十九岁称皇帝，在位三十七年。中国历史上著名的政治家、战略家、改革家，首位完成华夏大一统的铁腕政治人物。建立首个多民族的中央集权国家，曾采用三皇之“皇”、五帝之“帝”构成“皇帝”的称号，是古今中外第一个称皇帝的封建王朝君主。

### 甘地

莫罕达斯·卡拉姆昌德·甘地（1869 ~ 1948），印度民族主义运动和国大党领袖，被尊称为圣雄甘地。他既是印度国父，也是印度最伟大的政治领袖。他用非暴力主义思想带领国家迈向独立，脱离英国的殖民统治。他的“非暴力”哲学思想影响了全世界的民族主义者和那些争取和平变革的国际运动，鼓舞了其他的民主运动人士，如马丁·路德·金、曼德拉等。

### 林则徐

林则徐（1785～1850），福建省侯官（今福州市区）人，字元抚，又字少穆、石麟，晚号俟村老人、俟村退叟、七十二峰退叟、瓶泉居士、栎社散人等，清朝时期的政治家、思想家和诗人，官至一品，曾任湖广总督、陕甘总督和云贵总督，两次受命钦差大臣。因其主张严禁鸦片、抵抗西方列强的侵略，在中国有“民族英雄”之誉。同时林则徐对于西方的文化、科技和贸易持开放态度，主张学其优而用之，受到人们高度赞扬，被称为“开眼看世界的第一个人”。

### 爱因斯坦

阿尔伯特·爱因斯坦（1879～1955），1879年出生于德国乌尔姆市的一个犹太人家庭（父母均为犹太人）。他是世界十大杰出物理学家之一，现代物理学的开创者、集大成者和奠基人，同时也是一位著名的思想家和哲学家。1905年，爱因斯坦提出光子假设，成功解释了光电效应，因此获得1921年诺贝尔物理奖。1905年，创立狭义相对论。1915年创立广义相对论。爱因斯坦为核能开发奠定了理论基础，开创了现代科学新纪元，被公认为是继伽利略、牛顿以来最伟大的物理学家。1999年12月26日，爱因斯坦被美国《时代周刊》评选为“世纪伟人”。

## 作品影响

《中外历史故事》内容涵盖古今中外，从不同侧面揭示了人间的真善美、假恶丑，是人类共同创造和拥有的精神财富，也是培养当代小学生文学素养的重要组成部分。小学生们可以从中找到处理人生问题的方法，找到属于自己的人生寓意。

历史故事记载的大多是历史人物的传奇逸事，反映了社会各个历史时期在思想、政治、经济、文化、军事和社会生活等方面的情况。故事中充满着智慧、哲理、伦理和道德，蕴涵着民族传统文化的精髓。

# 目录

## Contents

# 第一章
# 帝王事迹

帝王是一个国家的统治者，拥有至高无上的权力。他们或才能非凡，或励精图治，或爱民如子，或贪得无厌，等等。本章就为读者讲述了发生在中外著名帝王身上的有趣的故事。黄帝是如何打败凶猛的蚩尤部落的？大禹是如何治理洪水的？彼得大帝是如何把愚昧落后的俄国发展成欧洲屈指可数的强国之一的？带着这些问题，开始阅读吧。

## 涿鹿之战

大约在四千年以前，我国黄河、长江流域一带住着许多氏族和部落。黄帝是传说中最有名的一个部落首领。

以黄帝为首领的部落，最早住在我国西北方的姬水附近，后来搬到涿鹿（今河北涿鹿、怀来一带），开始发展畜牧业和农业，定居下来。

跟黄帝同时的另一个部落首领叫作炎帝，最早住在我国西

「名人介绍」

黄帝（前2717～前2599），古华夏部落联盟首领，中国远古时代华夏民族的共主。五帝之首，被尊为中华“人文初祖”。

北方姜水附近，据说跟黄帝部落是近亲。炎帝部落渐渐衰落，而黄帝部落正在兴盛起来。

这时候，有一个九黎族的首领名叫蚩（chī）尤（yóu），十分强悍。传说蚩尤有八十一个兄弟，他们全是猛兽的身体，铜头铁额，吃的是沙石，凶猛无比。他们还制造刀戟、弓弩等各种各样的兵器。蚩尤常常带领他的部落侵略别的部落。

有一次，蚩尤侵占了炎帝的地方，炎帝起兵抵抗，但他不是蚩尤的对手，被蚩尤打得一败涂地。炎帝没法子，逃到涿鹿请求黄帝帮助。黄帝早就想除去这个各部落的祸害，就联合各部落，准备人马，在涿鹿的田野上和蚩尤展开了一场大决战。

「专家解疑」一败涂地：形容败得不可收拾。

关于这次大战，有许多神话式的传说。据说黄帝平时驯养了熊、罴（pí）、貔（pí）、貅（xiū）、貙（chū）、虎六种野兽，在打仗的时候，就把这些猛兽放出来助战（有人认为，传说中的六种野兽实际上是以这六种野兽命名的六个氏族）。蚩尤的兵士虽然凶猛，但是遇到黄帝的军队，加上这一群猛虎凶兽，也抵挡不住，纷纷败逃。

黄帝带领兵士乘胜追击，忽然天昏地黑，浓雾弥漫，狂风大作，雷电交加，使黄帝的兵士无法追赶。原来蚩尤请来了“风伯雨师”助战。黄帝也不甘示弱，请天女帮助，驱散了风雨。刹那间，风止雨停，晴空万里，终于把蚩尤打败了。也有一种传说，说是蚩尤用妖术制造了一场大雾，使黄帝的兵士迷失了方向。

「名师点拨」蚩尤为打败黄帝，请来了“风伯雨师”，为此，黄帝也请来了天女助阵，双方都使出浑身解数，对比明显，表现出了战争之激烈。

黄帝用“指南车”来指引，带领兵士，依着蚩尤逃跑的方向追击，结果把蚩尤捉住杀了。这些神话反映这场战争是非常激烈的。

「专家解疑」
神话：①关于神仙或神化的古代英雄的故事，是古代人民对自然现象和社会生活的一种天真的解释和美丽的向往。②指荒诞的无稽之谈。

各部落看到黄帝打败了蚩尤，都挺高兴。黄帝受到了许多部落的拥护。但是，炎帝部落和黄帝部落也发生了冲突，双方在阪泉（今河北涿鹿东南）打了一仗，炎帝失败。从此，黄帝成了中原地区的部落联盟首领。

传说中的黄帝时代，有许多发明创造，像造宫室、造车、造船、制作五色衣裳，等等，这些当然不会是一个人发明的，但是后来的人都把它们记在黄帝账上了。

传说黄帝有个妻子名叫嫘祖，她亲自参加劳动。本来，蚕只有野生的，人们还不知道蚕的用处，嫘祖教妇女养蚕、缫丝、织帛。打那时候起，就有丝和帛了。

「名人介绍」
嫘（léi）祖是传说中黄帝的妻子，为西陵氏之女，出生于西陵（一说今河南西平，一说今四川盐亭）。她发明了养蚕，史称“嫘祖始蚕”。

黄帝还有一个史官仓颉（jié），创制过古代文字。我们没有见到过那个时期的文字，也没法查考了。

中国古代的传说都十分推崇黄帝，后世的人都认为黄帝是华夏族的始祖，自己是黄帝的子孙。因为炎帝和黄帝的部落原来是近亲，后来又融合在一起，所以我们也常常把自己称为炎黄子孙。为了纪念这位传说中的祖先，后世的人还在现在陕西黄陵县北面的桥山上造了一座“黄帝陵”。

# 尧舜禅让

传说黄帝以后，先后出了三个很出名的部落联盟首领：尧（yáo）、舜（shùn）和禹（yǔ）。他们原来都是一个部落的首领，后来被推选为部落联盟的首领。

「名师点拨」尧在选下一任首领继承人的时候，始终把品德作为最重要的衡量标准，不因丹朱是自己的儿子而徇私，可见尧是值得人尊重的首领。

那时候，做部落联盟首领的，有什么大事，都要找各部落首领一起商量。

尧年纪大了，想找一个继承他职位的人。有一次，他召集四方部落首领来商议。尧说出他的打算后，有个名叫放齐的说：“你的儿子丹朱是个开明的人，继承你的位子很合适。”尧严肃地说：“不行，这小子品德不好，专爱跟人争吵。”另一个叫驩（huān）兜的说：“管水利的共工，工作倒做得挺不错。”*尧摇摇头说：“共工能说会道，表面恭谨，心里另是一套。用这号人，我不放心。”*这次讨论没有结果，尧继续物色他的继承人。有一次，他又把四方部落首领找来商量，要大家推荐。到会的一致推荐舜。尧点点头说：“哦！我也听说这个人挺好。你们能不能把他的事迹详细地说说？”

「智慧引路」一个表里不一的人，无论外表怎么掩饰，迟早都会暴露出来，这样的人不值得信赖。只有言行一致的人才值得尊重。

大家便把舜的情况说开了：舜的父亲是个糊涂透顶的人，人们叫他瞽（gǔ）叟（sǒu）。舜的生母早死了，后母很坏。后母生的弟弟名叫象，傲慢得没法说，瞽叟却很宠他。舜生活在这样一个家庭里，却待他的父母、弟弟挺好。所以，大家认为舜

「专家解疑」瞽：①眼睛瞎。②指没有识别能力的。

是个德行高的人。

尧听了挺高兴，决定先考察一下舜。他把自己的两个女儿娥皇、女英嫁给舜，还替舜筑了粮仓，分给他很多牛羊。那后母和弟弟见了，又是羡慕，又是妒忌，和瞽叟一起用计，几次三番想暗害舜。

「名师点拨」大家都说舜是个德行好的人，尧听了虽然很高兴，但并没有立刻做出决定，而是先考察舜，可见尧是个实事求是的人。

有一回，瞽叟叫舜修补粮仓的顶。当舜用梯子爬上仓顶的时候，瞽叟就在下面放起火来，想把舜烧死。舜在仓顶上一见起火，想找梯子，梯子已经不知去向。幸好舜随身带着两顶遮太阳用的笠帽。他双手拿着笠帽，像鸟张开翅膀一样跳下来。笠帽随风飘荡，舜轻轻地落在地上，一点儿也没受伤。

瞽叟和象并不甘心，他们又叫舜去淘井。舜跳下井后，瞽叟和象就在上面把一块块土石丢下去，把井填没，想把舜活活埋在里面，没想到舜下井后，在井边掘了一个孔道，钻了出来，又安全地回家了。

象不知道舜早已脱险，得意扬扬地回到家里，跟瞽叟说：“这一回哥哥准死了，这个妙计是我想出来的。现在我们可以把哥哥的财产分一分了。”说完，他向舜住的屋子走去，哪知道，他一进屋子，舜正坐在床边弹琴呢。象心里暗暗吃惊，很不好意思地说：“哎，我多么想念您呀！”

舜也装作若无其事，说：“你来得正好，我的事情多，正需要你帮助我来料理呢。”

「名师点拨」此处，运用了对比的手法，让读者看到了象为了财产不惜暗害哥哥的丑陋嘴脸和舜在险些丧命后仍然能气定神闲，且一如既往地和家人和睦相处，反衬出了舜品德高尚。

此后，舜还是像过去一样和和气气地对待他的父母和弟弟，瞽叟和象也不敢再暗害舜了。

经过考察，尧认为舜的确是个品德好又挺能干的人，就把首领的位子让给了舜。这种让位，历史上称作“禅（shàn）让”。其实，在氏族公社时期，部落首领老了，用选举的办法推选新的首领，并不是什么稀罕事儿。

「专家解疑」选举：用投票或举手等表决方式选出代表或负责人。

舜接位后，也是又勤劳，又俭朴，跟老百姓一样劳动，受到大家的信任。过了几年，尧死了，舜还想把部落联盟首领的位子让给尧的儿子丹朱，可是大家都不赞成。舜才正式当上了首领。

## 大禹治水

尧在位的时候，黄河流域发生了很大的水灾，庄稼被淹了，房子被毁了，老百姓只好往高处搬。不少地方还有毒蛇猛兽，伤害人和牲口，叫人们过不了日子。

「名人介绍」鲧（gǔn）是上古时代汉族神话传说中的人物。姓姬，字熙，是黄帝的曾孙、昌意的孙子、颛顼的儿子、大禹之父、夏启的祖父，被尧封于崇地，为伯爵，故称崇伯鲧或崇伯。

尧召开部落联盟会议，商量治水的问题。他征求四方部落首领的意见：派谁去治理洪水呢？首领们都推荐鲧。

尧对鲧不大信任。首领们说：“现在没有比鲧更强的人才啦，你试一下吧！”尧才勉强同意。

鲧花了九年时间治水，没有把洪水制服。因为他只懂得水来土掩，造堤筑坝，结果洪水冲塌了堤坝，水灾反而闹得更凶了。

舜接替尧当了部落联盟首领以后，亲自到治水的地方去考察。他发现鲧办事不力，就把鲧杀了，又让鲧的儿子禹去治水。

「名师点拨」禹办事得力，迅速找到了治理洪灾的方法，又能身先士卒，不怕艰辛，起到了很好的带头作用。“功夫不负有心人”，禹终于治水成功。

禹改变了他父亲的做法，用开渠排水、疏通河道的办法，把洪水引到大海中去。他和老百姓一起劳动，戴着箬（ruò）帽，拿着锹子，带头挖土、挑土，累得磨光了小腿上的毛。

经过十三年的努力，终于把洪水引到大海里去了，地面上又可以供人种庄稼了。

禹新婚不久，为了治水，到处奔波，多次经过自己的家门，都没有进去。他妻子涂山氏生下了儿子启，婴儿正在哇哇地哭，禹在门外经过，听见哭声，也狠下心没进去探望。

当时，黄河中游有一座大山，叫龙门山（在今山西河津西北）。它堵塞了河水的去路，把河道挤得十分狭窄。奔腾东下的河水受到龙门山的阻挡，常常溢出河道，闹起水灾来。禹到了那里，观察好地形，带领人们开凿龙门，把这座大山凿开了一个大口子。这样，河水就畅通无阻了。

「专家解疑」奔腾：（许多马）跳跃着奔跑。

后代的人都称颂禹治水的功绩，尊称他为大禹。

舜年老以后，也像尧一样，物色继承人。因为禹治水有功，大家都推选禹。到舜一死，禹就继任了部落联盟首领。

这时候，已到了氏族公社后期。生产力发展了，一个人生产的东西，除了能维持自己的生活，还有了剩余。氏族、部落的首领们利用自己的地位，把剩余产品作为自己的私人财产，变成氏

族的贵族。有了剩余的产品，部落和部落之间发生战争，捉住了俘虏，不再把他们杀掉，而是把他们变成奴隶，为贵族劳动。这样，就渐渐形成奴隶和奴隶主两个阶级，氏族公社开始瓦解。

「名师点拨」随着社会的发展，劳动生产率有了较大的提高，社会产品开始有了剩余，这就为私有制的出现创造了条件。因而，原始社会的氏族公社瓦解是必然的。

禹在治水中的功绩，提高了他作为部落联盟首领的威信和权力。传说禹年老的时候，曾经到东方视察，并且在会稽山（在今浙江绍兴一带）召集许多部落的首领。去朝见禹的人手里都拿着玉帛，仪式十分隆重。有一个叫作防风氏的部落首领，到会最晚。禹认为他怠慢了自己的命令，就把防风氏斩了。这说明，那时候的禹已经从部落联盟首领变成名副其实的国王了。

「专家解疑」名副其实：名称或名声与实际相符合。也说名符其实。

禹原来有个助手叫作皋（gāo）陶（yáo），曾经帮助禹处理政事。皋陶死后，皋陶的儿子伯益也做过禹的助手。按照禅让的制度，本来是应该让伯益做禹的继承人的。但是，禹死以后，禹所在的夏部落的贵族却拥戴禹的儿子启继承了禹的位子。

这样一来，氏族公社时期的部落联盟的选举制度正式被废除，变成了王位世袭的制度。我国历史上第一个奴隶制王朝——夏朝出现了。

## 商汤灭夏

黄河下游有个部落叫商。传说商的祖先契（xiè）在尧舜时期跟禹一起治过洪水，是个有功的人。后来，商部落因为畜牧业发展得快，到了夏朝末年，汤做了首领的时候，已经成为一个

强大的部落了。

夏王朝统治了大约四百年，到了公元前16世纪，夏朝最后的一个王——夏桀（jié）即位。夏桀是个出名的暴君，他和奴隶主贵族残酷压迫人民，对奴隶剥削更重。夏桀还大兴土木，建造宫殿，过着荒淫奢侈的生活。

大臣关龙逄（páng）劝说夏桀，认为这样下去会丧失人心。夏桀勃然大怒，把关龙逄杀了。百姓怨声载道，诅咒说："这个昏君什么时候才会灭亡，我们宁愿跟你同归于尽。"

「名师点拨」忠臣关龙逄敢于直言进谏，夏桀不但听不进去还杀害忠臣，可见夏桀是多么昏庸残暴。从百姓的诅咒中，我们不难看出，百姓恨透了夏桀，他们恨不得能和夏桀同归于尽。

「专家解疑」怨声载道：怨恨的声音充满道路，形容民众普遍不满。

商汤看到夏桀十分残暴，决心消灭夏朝。他表面上对桀服从，暗地里不断扩大自己的势力。

那时候，部落的贵族都是迷信鬼神的，把祭祀天地祖宗看作最要紧的事。商部落附近有一个部落叫葛，那儿的首领葛伯不按时祭祀。汤派人去责问葛伯。葛伯回答说："我们这儿穷，没有牲口作祭品。"

汤送了一批牛羊给葛伯作祭品。葛伯把牛羊杀掉吃了，又不祭祀。汤又派人去责问，葛伯说："我没有粮食，拿什么来祭呢？"

汤又派人帮助葛伯耕田，还派一些老弱的人给耕作的人送酒送饭，不料在半路上，葛伯把那些酒饭都抢走，还杀了一个送饭的小孩。

葛伯这样做，激起了公愤。汤抓住这件事，就出兵把葛消灭了。接着，又连续攻取了附近几个部落。商汤的势力渐渐发展了，但是并没引起昏庸的夏桀的注意。商汤的妻子带来的陪嫁奴隶中，有一个名叫伊尹的。传说伊尹开始到商汤家的时候，做了个厨师，服侍商汤。后来，商汤渐渐发现伊尹跟一般奴隶不一样，商汤和他交谈以后，才知道他是有心装扮成陪嫁奴隶来找汤的。伊尹向汤谈了许多治国的道理，汤马上提拔伊尹做他的助手。

「名师点拨」商汤心思缜密、善于观察，即使伊尹当时的身份是奴隶，他也能发现伊尹的与众不同，当发现伊尹有才华后，立即提拔他，体现了商汤的知人善任。

商汤和伊尹商量讨伐夏桀的事。伊尹说："现在夏桀还有力量，我们先不去朝贡，试探一下，看他怎么样。"

商汤按照伊尹的计策，停止了对夏桀的进贡。夏桀果然大怒，命令九夷发兵攻打商汤。伊尹一看夷族还服从夏桀的指挥，赶快让汤向夏桀请罪，恢复了进贡。

「名师点拨」事实证明，伊尹确实有才能。尽管夏桀昏庸无道，但伊尹仍然很谨慎，没有贸然行动，而是先试探一番。当发现夷族还服从夏桀的指挥时，断定时机还不成熟，就又恢复了进贡，继续等待时机。

过了一年，九夷中一些部落忍受不了夏朝的压榨勒索，逐渐叛离夏朝，汤和伊尹才决定大举进攻。

自从夏启以来，同姓相传已经四百多年，要把夏王朝推翻，也不是一件简单的事。汤和伊尹商量了一番，决定召集商军将士，由汤亲自向大家誓师。

汤说："我不想叛乱，实在是夏桀作恶多端，上天要我消灭他，我不敢不听从天命啊！"他接着又宣布了赏罚的纪律。

商汤借天意来动员将士，再加上将士恨不得夏桀早早灭亡，因此，作战非常勇敢。夏、商两军在鸣条（今山西运城安邑镇北）打了一仗，夏桀的军队被打败了。

「名师点拨」由于夏桀不得民心，人们都盼望早点将他消灭，所以将士作战都非常勇猛，夏桀作恶多端，他是自取灭亡。

最后，夏桀逃到南巢（今安徽巢县西南），汤追到那里，把桀流放在南巢，一直到他死去。

这样，夏朝就被新建立的商朝代替了。历史上把商汤伐夏称为“商汤革命”，因为古代统治阶级把改朝换代说成是天命的变革，所以称为“革命”。这和现在所说的革命完全是两回事。

## 秦始皇帝

秦王嬴政兼并了六国，结束了战国割据的局面，统一了中国。他觉得自己的功绩比古代传说中的三皇五帝还要大，不能再用“王”的称号，应该用一个更加尊贵的称号才配得上他的功绩，就决定采用“皇帝”的称号。他是中国第一个皇帝，就自称是始皇帝。他还规定：子孙接替他的皇位要按照次序排列，第二代叫二世皇帝，第三代叫三世皇帝，这样一代一代地传下去，一直传到千世万世。

「专家解疑」三皇五帝：指古代传说中的帝王，说法不一，通常称伏羲、燧人、神农为三皇。或者称天皇、地皇、人皇为三皇。五帝通常指黄帝、颛顼、帝喾、唐尧、虞舜。

全国统一了，该怎样来治理这样大的国家呢？

一次，丞相王绾对秦始皇说：“现在诸侯刚刚消灭，特别是燕、楚、齐三国离咸阳很远，不在那里封几个王不行，请皇上把几位皇子封到那里去。”

*秦始皇要大臣议论一下，许多大臣都赞成王绾的意见，只有李斯反对。他说：“周武王建立周朝的时候，封了不少诸侯。到后来，像冤家一样互相残杀，周天子也没法禁止。可见分封的办法不好，不如在全国设立郡县。”*

李斯的意见正合秦始皇的心意。他决定废除分封的办法，改用郡县制，把全国分为三十六个郡，郡下面再分县。

郡的长官都由朝廷直接任命。国家的政事，不论大小，都由皇帝决定。据说秦始皇每天看下面送来的奏章，要看一百二十一斤（那时的奏章都是刻在竹简上的），不看完不休息。可见他的权力是多么集中了。

在秦始皇统一六国之前，列国向来是没有统一的制度的。就拿交通来说，各地的车辆大小就不一样，因此车道也有宽有窄。国家统一了，车辆要在不同的车道上行走，多不方便。于是，秦始皇规定车辆上两个轮子的距离一律改为六尺，使车轮的轨道相同。这样，全国各地车辆往来就方便了。这叫作“车同轨”。

在秦始皇统一六国之前，列国的文字也很不统一。就是一样的文字，也有好几种写法。统一后，采用了比较方便的书法，规定了统一的文字。这样，各地的文化交流也方便多了。这叫作“书同文”。

各地交通便利，商业也发达起来，但是原来列国的尺寸、升斗、斤两的标准全不一样。所以又规定了全国用统一的度、量、

**「智慧引路」**
大臣们都赞成王绾的意见，只有李斯见解独到。而他之所以提出不同意见，是吸取了周朝时诸侯势力过大，威胁中央政权的教训。可见历史可以成为人们的借鉴，善于吸取经验教训有助于成功。

**「名师点拨」**
秦朝建立之前，各国的制度都不统一，这给管理全国带来了很大困难，而秦始皇在统一制度方面做出了巨大贡献，对后世也有很深的影响。

衡制。这样，各地的买卖交换也没有困难了。

秦始皇正在从事国内的改革，没想到北方的匈奴打了进来。匈奴本来是我国北部一个古老的少数民族。战国后期，北方的燕国、赵国衰落，匈奴贵族乘虚而入，一步步向南侵犯，把黄河河套一带大片土地夺了过去。秦始皇统一中原以后，就派大将蒙恬带领三十万大军去抵抗，把河套一带地区都收了回来，设置了四十四个县。

为了防御匈奴的侵犯，秦始皇又征用民夫，把原来燕、赵、秦三国北方的城墙连接起来，又新造了不少城墙。这样从西面的临洮（今甘肃岷县）到东面的辽东（今辽宁辽阳西北），连成了一条万里长城。这座举世闻名的古建筑，一直成为我们中华民族古老、悠久文明的象征。

后来，秦始皇又派出大军五十万人，平定南方，添设了三个郡；第二年，蒙恬打败了匈奴，又添了一个郡。这样，全国总共有四十个郡。

公元前 213 年，秦始皇因为开辟了国土，在咸阳宫里举行了一个庆祝宴会，许多大臣都称颂秦始皇统一国家的功绩。博士淳于越却重新提出分封制度不能废除，他认为不按照古代的规矩办事是行不通的。

这时候，李斯已经做了丞相。秦始皇要听听他的意见。

李斯说：“现在天下已经安定，法令统一。但是有一批读

「好词好句」
乘虚而入
*这座举世闻名的古建筑，一直成为我们中华民族古老、悠久文明的象征。

「名人介绍」
蒙恬（？~前210），姬姓，蒙氏，名恬，祖籍齐国（今山东蒙阴），秦朝著名将领。蒙恬出身于一个世代名将之家，祖父蒙骜、父亲蒙武均为秦国名将。

「名人介绍」
李斯(约前284~前208)，李氏，名斯，字通古，战国末期楚国上蔡（今河南上蔡）人，秦朝著名的政治家、文学家和书法家。

书人不学现在，却去学古代，对国家大事乱发议论，在百姓中制造混乱。如果不加禁止，会影响朝廷的威信。”

秦始皇听取李斯的主张，立刻下了一道命令：除了医药、种树等书籍以外，凡是有私藏《诗》《书》、百家言论的书籍，一概交出来烧掉；谁要是再私下谈论这类书，判死罪；谁要是拿古代的制度来批评现在，满门抄斩。

第二年，有两个方士（一种用求神仙、炼仙丹骗钱的人）叫作卢生、侯生，在背后议论秦始皇的不是。秦始皇得知这个情况后，就派人去抓他们，他们早已逃跑了。

秦始皇怒发冲冠，再一查，又发现咸阳有一些儒生也一起议论过他。秦始皇把那些儒生抓来审问。儒生禁不起拷打，又东拉西扯地供出一大批人来。秦始皇下令，把那些犯禁严重的四百六十多个儒生都埋了，其余犯禁的就流放到边境去。

「专家解疑」怒发冲冠：因怒而头发直竖，把帽子都顶起来了，形容非常愤怒。

这就是历史上所说的“焚书坑儒”事件。

秦始皇正在火头上，大臣们谁也不敢劝他。他的大儿子扶苏认为这样处置儒生太严厉，劝谏他不要这样做。这一来，触怒了秦始皇，秦始皇命令扶苏离开咸阳，到北方去和蒙恬一起守边疆。

「名师点拨」秦始皇虽是千古一帝，但他好大喜功、性格暴虐，对人民的镇压非常残酷，而且他独断专行，听不进去反对的意见。

## 隋炀帝游江都

隋炀帝杨广即位后，为了加强对全国政治上的控制，并且使江南地区的物资能够更方便地运到北方来，加上他个人追求享乐，一开始就办了两件事：一是在洛阳建造一座新的都城，叫东都；二是开一条贯通南北的大运河。

公元605年，隋炀帝派管理建筑工程的大臣宇文恺负责造东都。宇文恺是个高明的工程专家，他迎合隋炀帝追求奢华的心理，把工程规模搞得特别宏大。

建造宫殿需要的高级木材、石料，都是从大江以南、五岭以北地区运来的，光一根柱子就得用上

千人拉。为了造东都，朝廷每月征发二百万民工，日夜不停地施工。宇文恺还在洛阳西面专门造了供隋炀帝玩赏的大花园，叫作“西苑”。周围二百里，园里人造的海和假山，亭台楼阁，奇花异草，应有尽有；尤其别出心裁的是，到了冬天树叶凋落的时候，他派人用彩绫剪成花叶，扎在树上，使这座花园四季常青。

「名师点拨」作者用说明的表达方式，运用了一系列数字，将工程的宏大规模展现在了读者眼前。我们可以清晰地了解到为了供隋炀帝享乐，花费了多么大的人力、物力、财力。

在建造东都的同一年，隋炀帝就下令征发河南、淮北各地百姓一百多万人，从洛阳西苑到淮水南岸的山阳（今江苏淮安），开通一条运河，叫“通济渠”；又征发淮南百姓十多万人，从山阳到江都（今江苏扬州），把春秋时期吴王夫差开的一条“邗（hán）沟”疏通。这样，从洛阳到江南的水路交通就便利得多了。

「专家解疑」别出心裁：独创一格，与众不同。

以后五年里，隋炀帝又两次征发民工，开通运河，一条是从洛阳的黄河北岸到涿郡（今北京），叫“永济渠”；一条是从江都对江的京口（今江苏镇江）到余杭（今浙江杭州），叫“江南河”。最后，把四条运河连接起来，就成了一条贯通南北，全长四千里的大运河。这条大运河是我国历史上的伟大工程之一，它对我国经济、文化的发展和祖国的统一起着积极的作用。这是我国成千上万劳动人民用血汗甚至生命换来的。

「名师点拨」京杭大运河的修建促进了交通的便利，带动了沿岸城市的繁荣，促进了各个地区的文化发展与民族融合。然而，也因此给人民带来了沉重的负担，引起了人民的强烈不满。

隋炀帝特别喜欢外出巡游，一来是游玩享乐，二来也是向百姓摆威风。

从东都到江都的运河刚刚完工，隋炀帝就带着二十万人的

庞大队伍到江都去巡游。

隋炀帝早就派官员造好上万条大船。出发那天，隋炀帝和他妻子萧后分乘两艘四层高的大龙船，船上有宫殿和上百间宫室，装饰得金碧辉煌，接着就是宫妃、王公贵族、文武官员坐的几千条彩船，再后面的几千条大船，装载着卫兵和他们随带的武器和帐篷。这上万条大船在运河上排开，船头船尾连接起来，竟有两百里长。

这样庞大的船队，怎么行驶呢？那些专为皇帝享乐打算的人早就安排好了。运河两岸，修筑好了柳树成荫的御道，八万多名民工被征发来给他们拉纤，还有两队骑兵夹岸护送。河上行驶着光彩耀目的船只，陆地上飘扬着五色缤纷的彩旗。一到晚上，灯火通明，鼓乐喧天，真是说不尽的豪华景象。

「好词好句」
金碧辉煌
灯火通明
*河上行驶着光彩耀目的船只，陆地上飘扬着五色缤纷的彩旗。一到晚上，灯火通明，鼓乐喧天，真是说不尽的豪华景象。

为了满足船队大批人员的享受，隋炀帝命令沿岸的百姓给他们准备吃的喝的，叫作“献食”。那些州县官员就逼着百姓办酒席送去，有的州县送的酒席多达上百桌。别说隋炀帝吃不了那么多，就连他带的宫娥太监、王公大臣一起吃，也吃不完。留下的许多剩菜，就在岸边掘个坑埋掉。可是那些被迫献食的百姓，却弄得倾家荡产了。

「名师点拨」隋炀帝骄奢淫逸，只顾自己享乐，却弄得民不聊生，一国之君不心系天下，这个国家必然会招致灭亡。

江都在当时是个繁华的地方。隋炀帝到了江都，除了尽情游玩享乐，还大摆威风。为了装饰一个出巡时候用的仪仗，就用了十多万工人，耗费的钱财更是上亿。这样整整闹腾了半年，又耀武扬威地回到东都来。

「专家解疑」耀武扬威：炫耀武力，显示威风。

打那以后，隋炀帝几乎每年都出巡。有一次，他从陆路到北方去巡视，征发了河北十几个郡的民工，开凿太行山，铺了一条巡行的道路。为了保护他巡行的安全，又征发了一百多万人修筑长城，限期为二十天。这样，他才在五十万将士的护卫下，在北方边境上巡行了一圈。北方没有现成的宫殿，好在隋炀帝身边的宇文恺是个巧匠，专门为他造了一个活动宫殿，叫作“观风行殿”。这种行殿上面可以容纳侍卫几百人，使用的时候装起来，不用的时候可以拆卸装运，下面装着轮子，可以随意转动。这在当时可算是一种发明，可惜只是供隋炀帝一个人享乐罢了。

隋炀帝建东都，开运河，筑长城，加上连年的大规模的巡游、无休无止的劳役和越来越重的赋税，已经把百姓压得喘不过气来。但是隋炀帝的骄奢淫逸心理却越来越重了。为了炫耀武功，公元612年，他发动对高句丽的战争。

这一年，他从江都乘龙船，沿着大运河直达涿郡，亲自指挥这场战争。他下令全国军队，不论远近，一律向涿郡集中，还派人在东莱海口督造兵船三百艘，造船的民夫在官吏的监视下，日日夜夜在海边造船，得不到休息。他们下半身泡在海水里，时间一久，从腰以下都腐烂生了蛆，许多人受不了这样的折磨，倒在海水里死了。

接着，隋炀帝又命令河南、淮南、江南各地督造五万辆大车，送到高阳，给兵士运输衣甲、帐篷，又征发江、淮以南的民夫和船只把黎阳（今河南浚县东南）和洛口仓的粮食运到涿郡。于是，无数的车辆，无数的船只，不分白天黑夜，沿着陆路和运河源源不断由南向北，形成一支滚滚洪流。几十万运输物资的民夫，在半路上有不少累死饿死，沿路都是倒毙的尸体。由于民夫死亡太多，耕牛也被征发拉车，弄得田园荒芜，民不聊生。

人民没法忍受下去了。要想活下去，只有反抗。邹平（今山东邹平）人王薄，首先领导农民在长白山起义，他写了一首《无向辽东浪死歌》（浪死就是白白送死的意思），号召大家反抗官府，歌中写道：

「好词好句」
荒芜
民不聊生
*于是，无数的车辆，无数的船只，不分白天黑夜，沿着陆路和运河源源不断由南向北，形成一支滚滚洪流。

……忽闻官军至，提刀向前荡。譬如辽东死，砍头何所伤。”

接着，在山东、河北广大地区，接二连三地发生了农民起义，隋王朝的统治开始不稳了。

## 少年康熙皇帝计除奸贼

清代康熙皇帝爱新觉罗·玄烨，八岁时就登基，但实权掌握在贵族鳌拜等人手中。特别是权臣鳌拜骄横跋扈，无视年幼的康熙皇帝，滥杀无辜，排斥异己，欺压百姓。康熙皇帝虽然年幼，但却聪明机智，他心里明白，如果不除掉鳌拜这个奸贼，大清的江山必然毁于这个恶人之手。于是他刻苦习文学武，决心做一个能文善武的“马上皇帝”。过了数年，康熙皇帝亲自执政后，派自己的亲信掌管京城的警卫权，并决定亲自训练一批 12~15 岁的少年近身侍卫，从近卫王府里挑选了百来名子弟，由吏部右侍郎索额图担任总领班，近身侍卫曹寅任教练。表面上以练习摔跤或相扑作掩护，暗中加紧对这些少年的武艺训练。

「专家解疑」跋扈：专横暴戾，欺上压下。

「名人介绍」曹寅（1658～1712），字子清，号荔轩，又号楝亭，满洲正白旗内务府包衣，康熙时期名臣，文学家、藏书家，官至通政使司通政使、管理江宁织造、巡视两淮盐漕监察御史，善骑射，能诗及词曲，是《红楼梦》作者曹雪芹的祖父。

有一天，康熙皇帝为了试探鳌拜的底细，便穿上便服同索额图一道去拜访鳌拜。皇上的突然驾到，使鳌拜神色慌张，急忙伸手向炕上褥垫下摸去。说时迟，那时快，机警的索额图一个箭步冲上前去抓住鳌拜的手腕，用力往外一拉，只见鳌拜手中握着一把尖刀。鳌拜顿时脸红筋胀，结结巴巴地解释着：“皇……皇上，臣……臣该……该死，不……不……知为……

何摸……摸这……这刀……”康熙皇帝心里早就明白他想干什么，但表面上却装作若无其事，并说：“这没有什么，想我满人自古以来就有刀不离身的习惯，有何奇怪？”说完便走了。

康熙皇帝加紧训练少年兵之事，鳌拜从不放在心上，他认为这些娃娃不过是嬉戏打闹而已，却不知康熙皇帝正是利用这些娃娃，才除掉他的。康熙皇帝知道平常入朝，因人多不便对鳌拜下手，便同索额图密谋，想出一条妙计。

有一天，康熙皇帝传旨叫鳌拜一人入朝商议要事。鳌拜上殿后，康熙皇帝便吩咐少年兵端椅送茶，一名少年兵端了一把缺一条腿的椅子给鳌拜坐，然后靠着椅背不让椅子倒下；另一名少年兵端了一碗滚烫的茶来，递给鳌拜。鳌拜刚接过茶，因茶太满又烫手，砰的一声掉在地上摔碎了。鳌拜惊慌失措，正想向皇上赔礼，这时靠住椅背的那位少年兵将椅子一推，鳌拜一下扑倒在康熙皇帝面前，还来不及说什么，康熙皇帝勃然大怒，立即命令把鳌拜拿下。然后，列数鳌拜罪状三十条，革职拘禁。这条祸根和他的党羽便被除掉了。

康熙皇帝利用少年兵，计除鳌拜，先是以假象迷惑，使之放松警戒，然后瓮中捉鳖，手到擒来，取得了成功。

「专家解疑」
若无其事：好像没有那么回事似的，形容不动声色或漠不关心。

「名师点拨」
鳌拜性格骄横跋扈，自恃战功赫赫，连皇帝也不放在眼里，又怎么会在意这些少年兵？康熙皇帝正是抓住了鳌拜这一心理，才获得了日后的胜利。

「好词好句」
瓮中捉鳖
手到擒来
*康熙皇帝利用少年兵，计除鳌拜，先是以假象迷惑，使之放松警戒，然后瓮中捉鳖，手到擒来，取得了成功。

# 彼得大帝割须换袍

彼得大帝登基时，俄国是一个愚昧落后的国家。而他去世时，俄国近代工业已经崛起，并成为欧洲屈指可数的强国之一。

「名师点拨」文章开头就将俄国之前的愚昧落后和之后的繁荣强大作了对比，而俄国会发生这样的变化得益于彼得大帝。这一方面突出了彼得大帝能力的卓越，一方面也引发读者思考：彼得大帝是如何使俄国改头换面的？

彼得自幼崇尚西方的文化和科学技术。他青少年时期，就常和西方移民厮混在一起。他曾隐姓埋名，遍访欧洲各国，在不同国度里获得过木匠、炮手、机匠、航海家的职业证书。

当时执掌大权的皇太后认为他是要毁灭俄罗斯文化传统的恶魔，欲置他于死地。只是因为得到军队的支持，他才得以亲

临朝政。大权在握之后，彼得就迫使旧俄罗斯战战兢兢地开始了改革。

「好词好句」
战战兢兢
禁锢
* 城堡式的克里姆林宫是禁锢人思想的坟墓。

改革的第一项措施是勒令全体国民剪去大胡子。当时俄罗斯人认为，大胡子是信奉东正教和表现男子美的标志，只有异教徒才有着光溜溜的下巴。彼得却认为，大胡子是愚昧的、不卫生的，下令非剪不可，不剪的得罚以重金，就是在以重金保留胡子后，胸前还得佩戴“胡子愚昧和不卫生”字样的标志。

「专家解疑」
愚昧：缺乏知识；愚蠢而不明事理。

第二项改革措施同样令人震惊不已。彼得命令在城门口挂起穿着和行动都十分便捷的匈牙利军装，命令所有的男人不得再穿臃肿拖沓的俄罗斯长袍。他认为，宽袖拖地长袍是俄罗斯人懒于征战、不好奋斗的象征，也得根除。

修建彼得堡——今日的圣彼得堡，也是他向旧俄挑战的一项壮举。彼得断言，城堡式的克里姆林宫是禁锢人思想的坟墓。为了祖国的发展，他必须修建一个面向西方的窗口，通向大海的门户。彼得堡的一切建筑都和莫斯科迥异，而更像法国的凡尔赛。彼得堡建成后，他不仅迁都到新城，还勒令王公贵族与他同行，以示同旧俄决裂。

「名师点拨」
人们固有的习惯是很难改变的，因此彼得改革遇到的阻力必然非常大，但是他用无与伦比的勇气和决心坚持着改革。

彼得还命令消除封建式的闭户生活，大力举办“自由聚会”，促进思想交流。他规定贵族妇女必须出席交际舞会。那些深居简出的小姐、太太被喷着烟草味的男人们搂着，旋转着，一个个都惊恐万状。然而，彼得却以为，习惯了开放社交生活的人，就会习惯西方的新思想。他甚至冒着背叛列祖列宗的罪名，为皇太子娶了一名信奉宗教改革后的路德教的德国女子。彼得还改革行政体系，开办工厂和为平民阶层开放上升的门户。

彼得大帝的改革遭到朝野之间激烈的反对，甚至他的儿子也策划在他死后使俄国复旧。彼得是用利剑逼着人们进行改革的，他毫不留情地处死策划复辟的贵族，连反对他的儿子也没有逃脱监禁至死的命运。彼得要的是一个现代的、强大的俄国，他成功了。

「名师点拨」在新旧思想碰撞时，新思想必然遭到旧势力的顽固抵抗，彼得大帝也不例外，改革困难重重，就连他的儿子也不支持他。但彼得大帝没有被困难吓倒，他雷厉风行，向着将俄国变强大的目标不断前进，终于成功了。

后世的一位伟人曾说过，在落后的国家里，改革常常采取了以野蛮对付野蛮的形式。彼得正是这样一位以野蛮对付野蛮的改革者。

## 地跨三大洲的帝国

亚历山大是亚历山大帝国的创立者。亚历山大十六岁起，就随父亲马其顿国王腓力二世南征北战，参与政务。他意志坚定、智力非凡、判断敏锐，遇事能够随机应变。

「专家解疑」随机应变：跟着情况的变化，掌握时机，灵活应付。

公元前 336 年，亚历山大继承王位，当时宫廷骚乱，各地暴动，亚历山大果决地进行镇压。骚乱平定后，亚历山大发动了对东方的侵略性远征。公元前 334 年春，亚历山大宣布对波斯帝国作战，占领了小亚细亚。公元前 333 年夏，亚历山大的军队在伊索斯城附近和波斯军队发生了激战。亚历山大占据了波斯国王大流士的军营，俘获了大流士的家属。公元前 332 年，亚历山大继续向南进军攻占了腓尼基和埃及。

「名人介绍」大流士即大流士一世，波斯帝国君主（前522~前486），出身于波斯阿契美尼德家族支系。大流士不仅是波斯帝国的伟大君主，也是世界历史上的著名政治家之一。

公元前 331 年春，亚历山大在埃及补充了自己的军队以后，率军向东进发，经过巴勒斯坦、叙利亚，来到了美索不达米亚，与波斯军队发生了一场决定性的战斗。波斯军队进攻时，他让开一条通路，听任波斯战车穿越而过，而以预先埋伏好的马其顿弓箭手迎头射击。主力战车兵的扑空使波斯军队形成混乱。这时，亚历山大率领轻快的骑兵，向波斯军队的左翼猛冲过去，波斯大败，溃不成军。亚历山大继续向东推进，深入波斯的腹地。公元前 330 年 2 月，亚历山大攻克古都巴比伦，夺得无数金银和财宝，并下令焚烧了波斯国王的王宫。

「专家解疑」溃不成军：军队被打得七零八落，不成队伍，形容打仗败得无法收拾。

征服波斯后，亚历山大终于建立起一个地跨欧、亚、非三大洲的大帝国，他也被称为“亚历山大大帝”。

## 名家品评

帝王作为一个国家的统治者，他们的一生注定不平凡。本章介绍了多位皇帝，有打败凶残的蚩尤获得人们拥戴的黄帝；有通过考察，选取贤能之人做继承人的尧；有为治水，三过家门而不入的禹；有贪图享乐、昏庸无道，最终招致灭亡的夏桀；有一统江山，建立了雄图霸业的秦始皇；有雷厉风行、勇于改革的彼得大帝。从中我们可以看出，励精图治、勇于改革、关心百姓疾苦的帝王能够使国家变得更强大；而只顾享乐、昏庸无道的帝王必将被取而代之。

## 阅读思考

1. 通过阅读本章，思考一下，受到百姓拥护的明君通常具备什么品质？

2. 秦始皇登基后，都采取了哪些有利于国家发展的措施？

3. 年幼的康熙皇帝是如何除掉奸贼鳌拜的？

# 第二章
# 反抗之路

纵观中外历史，有太多的国家和民族的人民曾遭到残酷的压迫，这些压迫有的来自于本国的腐朽政府，有的来自于其他国家。本章选取了中外历史中具有代表性的反抗压迫的故事。武昌起义取得了什么成果？戊戌变法为什么会失败？印度“圣雄”甘地采用了什么方法反抗压迫？这些问题，本章会一一为你解答。

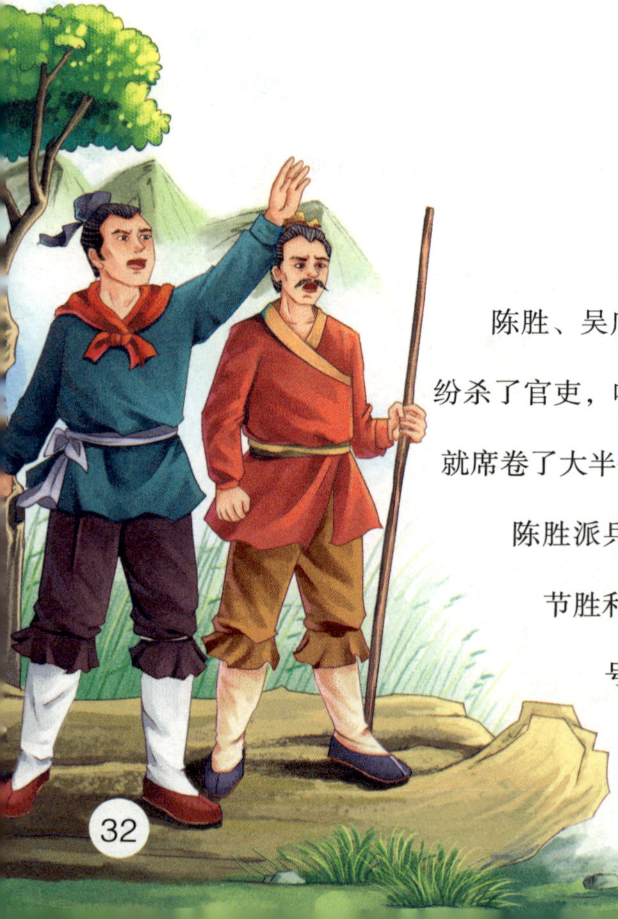

## 反抗暴秦

陈胜、吴广发动农民起义以后，各地的百姓纷纷杀了官吏，响应起义。没多久，农民起义的风暴就席卷了大半个中国。

陈胜派兵遣将分头去接应各地起义，他们节节胜利，占领了大片地方。但是因为战线长，号令不统一，有的地方被六国旧贵族占了去。起义不到三个月，赵、齐、燕、魏等地方就有人打着恢复六国的旗号，自立为王。

陈胜派出周文率领的起义军向西进攻，很快攻进关中（函谷关以西地区），逼近秦朝都城咸阳。秦二世惊慌失措，赶快派大将章邯（hán）把在骊山做苦役的囚犯、奴隶放了出来，编成一支军队，向起义军反扑。原来的六国贵族各自占据自己的地盘，谁也不去支援起义军。周文的起义军孤军作战，终于失败。吴广在荥阳被部下杀死。起义后的第六个月，陈胜在撤退的路上也被叛徒杀害了。

「好词好句」
惊慌失措
支援
*陈胜、吴广虽然死了，可是由他们点燃起来的反抗秦朝的那把火正在到处燃烧。

陈胜、吴广虽然死了，可是由他们点燃起来的反抗秦朝的那把火正在到处燃烧。在南方的会稽郡（治所在今江苏苏州），起义军的声势更大。

在会（kuài）稽郡起兵的是项梁和他的侄儿项羽。项梁是楚国大将项燕的儿子。楚国被秦国大将王翦攻灭的时候，项燕兵败自杀。项梁老想恢复楚国。他的侄儿项羽身材魁梧，又挺聪明，项梁亲自教他念书识字。可是项羽才学了几天，就不愿学下去了。项梁又教他学剑，项羽学了一阵子，也扔下了。

项梁很生气，可项羽满不在乎地说："念书识字有什么用处？学会了，不过记记自己的名字。剑学好了，也只能跟几个人对杀，没什么了不起。要学，就要学打大仗的本领。"

「名师点拨」
从此处可以看出，项羽做事好高骛远、不踏实，天资聪颖又不求甚解。这样学本事只能学到皮毛，难以取得大成就。

项梁听他的口气不小，就把祖传的兵书拿出来，教他学。项羽一听就懂，可是略略懂得个大意，又不肯深入钻研下去了。项梁本是下相（今江苏宿迁西南）人，因为跟人结了冤仇，避到会稽郡吴中来。吴中的年轻人见他能文能武，都很佩服他，把他当老大哥看待。项梁也教他们学兵法，练本领。

这会儿，他们听到陈胜起义，觉得是个好机会，就杀了会稽郡守，占领了会稽郡。不到几天，拉起了一支八千人的队伍。因为这支队伍里大都是当地的青年，所以称为“子弟兵”。

项梁、项羽带着八千子弟兵渡过江，很快打下了广陵（郡名，治所在今江苏扬州），接着又渡过淮河，继续进军。一路上又有各地方的起义队伍来投奔项梁，和他们联合起来。

第二年，有一支一百多人的队伍，由刘邦带领，来投靠项梁。刘邦本来是沛县（今江苏沛县）人，在秦朝统治下，做过亭长（秦朝十里是一亭，亭长是管理十里以内的小官）。

有一次，上司要他押送一批民夫到骊山去做苦工。

他们一天天赶路，每天总有几个民夫开小差逃走，刘邦要管也管不住。但是这样下去，到了骊山也不好交差。

有一天，他和民夫们一起坐在地上休息。他对大家说："你们到骊山去做苦工，不是累死也是被打死；就算不死，也不知道哪年哪月才能回乡。我现在把你们放了，你们自己去找活路吧！"

「名师点拨」刘邦怜惜这帮民夫将来的悲惨命运，就将他们放了，而这样他自己也就当不成官了，只能逃亡。正是因为这种胸怀，他才赢得了这些人的支持。

民夫们感激得直流眼泪，说："那您怎么办呢？"

刘邦说："反正我也不能回去，逃到哪儿是哪儿。"

当时，就有十几个民夫情愿跟着他一起找活路。刘邦同十几个民夫逃到芒砀（dàng）山躲了起来。过了几天，聚集了一百多人。

*沛县的文书萧何和监狱官曹参知道刘邦是个好汉，很同情他，暗暗地跟他们来往。*

*等到陈胜打下了陈县，萧何和沛县城里的百姓杀了县官，派人到芒砀山把刘邦接了回来，请他当沛县的首领。大家称他沛公。刘邦在沛县起兵以后，又召集了两三千人，攻占了自己的家乡丰乡。*

「智慧引路」刘邦为那些要去做苦力的贫苦人的命运担忧，因而不顾自身安危，放了他们，也正因他这样高贵的品质，他才得到了百姓和沛县官员的拥护。只有得民心的领袖才能受到人们爱戴。

接着，他带了一部分队伍攻打别的县城，不料留在丰乡的部下叛变。刘邦得到这个消息，要回去攻打丰乡，可是自己的兵力不足，只好往别处去借兵。

他到了留城（今江苏沛县东南），正好张良也带着一百多人想投奔起义军。两人遇在一起，很谈得来。他们一商量，觉得附近的起义队伍中，只有项梁声势最大，于是决定去投奔项梁。

项梁见刘邦也是一个人才，就拨给他人马，帮助他收回丰乡。从此，刘邦、张良都成了项梁的部下。

陈胜、吴广等主要起义领袖死了以后，各地起义的领导权都落在了旧六国贵族手里，他们彼此争夺地盘，闹得四分五裂。秦国的大将章邯、李由，想趁机把起义军各个击破。

在这个紧要关头，项梁在薛城召开了会议，决心把起义军整顿一下。为了扩大号召，项梁听了谋士范增的意见，把流落在民间的楚怀王的孙子（名叫心）找了来，立为楚王。因为当年楚怀王受骗死在秦国，楚国人一直为他抱不平。为了提高号召力，大家把他的孙子仍称作楚怀王。

「名人介绍」范增（前277～前204），秦末居鄛（今安徽巢湖西南，一说安徽桐城练潭）人，秦末农民战争中项羽的主要谋士，被项羽尊为“亚父”，曾多次劝项羽消灭刘邦势力，未被采纳，后被项羽猜忌，在辞官归故里的途中病死。

## 瓦岗义军

瓦岗军首领翟（zhái）让，本来是东郡的一个小吏，因为得罪了上司，被打进监牢，还被判了死罪。有个狱吏同情他，跟他说：“我看你是条好汉，怎么能在牢里等死呢？”一天夜里，狱吏偷偷地砸了镣铐，打开牢门，把翟让放了。

翟让逃出了监牢，逃到东郡附近的瓦岗寨，召集了一些贫苦农民，组织了一支起义队伍。当地的一些青年人，听到这个消息，都来投奔他。其中有一个青年叫徐世勣，才十七岁，不但武艺高强，而且很有计谋。

「名人介绍」徐世勣（jì）（594～669），即英国贞武公李勣，原名徐世勣，字懋功。唐高祖李渊赐其姓李，后避唐太宗李世民讳改名为李勣。曹州离狐（今山东菏泽东明东南）人，唐初名将，与李靖并称，为凌烟阁二十四功臣之一。

徐世勣劝翟让说：“这里附近都是贫苦的老乡，我们不应该去打扰他们，我看荥阳一带，来往的豪门富商很多，不如到那里去筹办点钱粮。”

「专家解疑」筹办：筹划办理。

翟让听从徐世勣的意见，带领农民军到荥阳一带，专门打击官府富商，夺取大批资财。附近农民来投奔翟让的越来越多，很快就发展到一万多人。

李密投奔翟让以后，帮助翟让整顿人马。那时候，附近各地还有一些小股的农民队伍。李密到各处去联络，说服他们联合起来，听从翟让指挥。翟让十分高兴，跟李密渐渐亲近起来。

翟让虽然有了很多人马，但是他并没想到自己能推翻隋炀帝。李密对翟让说：“从前刘邦、项羽，本来也是普通老百姓，后来终于推翻秦朝。现在皇上昏庸暴虐，百姓怨声载道，官军大部分又远在辽东。您手下兵强马壮，要拿下东都和长安，打倒暴君，还不是轻而易举的事！”

「名师点拨」从李密的话语中可以看出，李密是个胸怀大志且很有胆识的人。

翟让听了很高兴，说：“您的意见太好了，我倒没想到这一点呢。”

接着，两人商量了一番，决定先攻打荥阳。荥阳太守向隋炀帝告急。隋炀帝派大将张须陀带大军镇压。

张须陀是镇压农民军的老手。翟让曾经在他手里打过败仗，这次听说又是张须陀来了，有点害怕。李密说：“张须陀有勇无谋，再加上他自以为强大，骄傲轻敌。我们利用他的弱点，保管能打败他。”

「名师点拨」翟让的部队多是召集来的贫苦农民，面对张须陀这样的隋朝猛将，李密非但不害怕，还有信心打败对手。此处说明李密善于观察分析，知道张须陀有勇无谋，善于利用敌人的弱点，将其击败。

李密请翟让摆开阵势，正面迎击敌人，他自己带了一千人马在荥阳大海寺北面的密林里设下**埋伏**。

「专家解疑」
埋伏：①在估计敌人要经过的地方秘密布置兵力，伺机出击。②潜伏。

张须陀欺翟让不是他的对手，莽莽撞撞地指挥人马掩杀过来。翟让抵挡了一阵，假装败退。张须陀紧紧追赶，追了十多里，路越来越窄，树林越来越密，这正是李密布置的埋伏圈。李密一声令下，埋伏的瓦岗军将士一齐杀出，把张须陀的人马团团围住。张须陀虽然勇猛，但是被伏兵层层包围，左冲右突，没法脱围，终于全军覆没。张须陀也被起义军打死了。

经过这一场战斗，李密在瓦岗军里提高了威信。李密不但号令严明，而且生活朴素，凡是从敌人那里缴获来的钱财，他都分给起义将士。日子一久，将士们就渐渐向着他了。第二年（公元617年）春天，李密劝说翟让，趁隋炀帝在江都巡游、东都空虚的机会，进攻东都。瓦岗军派人到东都刺探军情，被隋朝官员发觉，加强了东都的防御。李密就改变计划，提议先打东都附近的兴洛仓（今河南巩义）。

兴洛仓也叫作洛口仓，是隋王朝建造的最大的一个粮仓。仓城周围二十多里，城里挖了三千个大窖，每个窖里贮藏着八千石粮食。这都是隋王朝多年来从各地农民身上搜刮来的血汗。

翟让、李密两人带七千名精兵攻打兴洛仓。这些兵士原是流离失所的农民，一听要攻打官府的粮仓，个个摩拳擦掌，信心百倍。他们向兴洛仓发起猛攻。驻守在兴洛仓的隋军还想顽抗，但是怎么也抵挡不住像插翅猛虎一般的瓦岗军。兴洛仓被攻破了。

「好词好句」
流离失所
*驻守在兴洛仓的隋军还想顽抗，但是怎么也抵挡不住像插翅猛虎一般的瓦岗军。

「专家解疑」
摩拳擦掌：形容战斗、竞赛或劳动前精神振奋的样子。

瓦岗军攻破兴洛仓以后，立刻发布命令，开仓分粮。兵士们打开一个个粮窖，让老百姓尽情地拿。受饥挨饿的农民从四面八方拥向粮仓，从头发花白的老人到背着孩子的妇女，一个个眼里带着激动的泪花，前来领粮。大伙对瓦岗军的感激心情，就不用提了。

接着，瓦岗军又打败了东都派来的隋军救兵。到这时候，瓦岗军的指挥权渐渐集中在李密手里。翟让觉得自己的才能不如李密，就把首领的位子让给了李密。大家推李密为魏公，兼任行军元帅。

瓦岗军在洛口建立了自己的政权后，乘胜攻下许多郡县，隋朝官吏、兵士纷纷投降。瓦岗军一面继续围攻东都，一面发出讨伐隋炀帝的檄文，声讨隋炀帝的罪恶，号召百姓起来推翻隋王朝的统治。这一来，把整个中原都震动了。

「专家解疑」
檄文：古代用于晓谕、征召、声讨等的文书，特指声讨敌人或叛逆的文书。

正当瓦岗军胜利发展的时候，内部发生了严重分裂。翟让把首领位子让给李密后，翟让手下有些将领很不愿意。有人劝翟让把权夺回来，翟让却总是笑呵呵的不当一回事。但是这些话传到李密耳朵里，李密就很不高兴。李密的部下撺掇他除掉翟让。李密为了保自己的地位，竟起了狠心。

「名师点拨」
隋王朝虽然残暴腐朽，但是要将其推翻也不是一件容易的事，大敌当前，瓦岗军应精诚团结，然而才刚取得了一点儿胜利就发生内部分裂，这对于瓦岗军的发展极为不利。

有一天，李密请翟让喝酒。在宴会中，李密把翟让的兵士都支开了，假意拿出一把好弓给翟让，请他试射。翟让转过身子，刚拉开弓，李密布置好的刀斧手就动起手来，把翟让砍倒了。

打那时候起，瓦岗军开始走了下坡路。但是，北方由李渊带领的一支反隋军却正在强大起来。

## 戊戌变法

戊戌变法又称戊戌维新，是发生在 1898 年（农历戊戌年）的资产阶级改良主义政治运动。

中日甲午战争后，民族危机空前严重，以康有为、梁启超、

「名人介绍」
谭嗣同（1865～1898），湖南浏阳人，是中国近代资产阶级著名的政治家、思想家，维新志士。少时师从欧阳中鹄，后加入维新派。1898年参加领导戊戌变法，失败后被杀，年仅三十四岁，与杨锐、刘光第、林旭、杨深秀和康广仁并称为“戊戌六君子”。

谭嗣同、严复为首的维新派，代表着民族资产阶级和开明绅士的政治要求走上历史舞台，主张在不动摇封建阶级统治的前提下，实行君主立宪制，发展资本主义，以挽救民族危机，使国家臻于富强。

1895年4月，清政府在甲午战争中失败，被迫与日本签订了丧权辱国的《马关条约》。消息传到北京，群情激奋，正在参加会试的康有为和他的学生梁启超联合全国十八省在京举人，聚集在达智桥松筠庵，讨论上书请愿。会后由康有为起草“万言书”，提出拒绝接受《马关条约》、迁都抗战、变法图强三项建议，联络一千三百多名举人签名，呈递都察院，都察院拒绝代呈。

这就是著名的“公车上书”，它是维新变法运动的起点。此后，康有为接连向光绪帝上书，陈述变法主张。

从1895年夏到1898年春，维新派积极组织学会，创办报纸，开办学堂，为维新运动制造舆论，培养人才。1895年8月，在康有为、梁启超的奔走推动下，由翰林院侍读学士文廷式出面组织了强学会，这是维新派创立的第一个政治团体。该学会每十天集会一次，每次都有人演讲“中国自强之学”。11月，上海成立强学分会，但强学会遭到封建顽固派的攻击、诽谤，不久被查封。1896年8月，黄遵宪、汪康年在上海创办《时务报》，邀请梁启超担任主笔。

「专家解疑」
舆论：公众的言论。
诽（fěi）谤：无中生有，说人坏话，毁人名誉；污蔑。

1897 年 10 月，严复在天津创办《国闻报》。该报热情宣传西方资产阶级社会政治学说，抨击封建专制统治，提倡民权，主张实行君主立宪，有力地推动了维新运动的发展。1897 年至 1898 年，谭嗣同、黄遵宪、唐才常、梁启超等汇集湖南，在湖南巡抚陈宝箴的支持下，出版《湘学报》（初名《湘学新报》）、《湘报》，创办时务学堂，组织南学会，使湖南维新运动得到了蓬勃发展。据不完全统计，从 1895 年至 1897 年全国共有学会、学堂、报馆等三百余个，出版三十多种报刊，表明维新运动具有一定的群众性。

「专家解疑」
抨击：用言语或评论来攻击（某人或某种言论、行动）。

1897 年冬，德国强占胶州湾，民族危机空前严重，变法声浪日高。康有为迅速从广东赶到北京上书，提出速行变法的具体建议。1898 年 1 月，康有为应诏上《统筹全局折》，建议仿效日本，全面变法。4 月，康有为、梁启超等在京创立以“保国、保种、保教”为宗旨的保国会。同时，保滇会、保川会、保浙会等也先后成立。士大夫经常集会，讨论时政，变法空气日浓。康有为趁势鼓动帝党官员上书，敦促变法。6 月 11 日，光绪帝接受变法建议，发布《定国是诏》，正式开始变法。在此后到慈禧太后于 9 月 21 日发动政变的一百零三天中，光绪帝发布了一系列除旧布新的变法诏令，罢黜一批顽固大臣，擢拔了一批维新分子，一时欢声雷动，维新运动达到高潮，史称“百日维新”。

「好词好句」
罢黜
擢拔
*在此后到慈禧太后于 9 月 21 日发动政变的一百零三天中，光绪帝发布了一系列除旧布新的变法诏令，罢黜一批顽固大臣，擢拔了一批维新分子，一时欢声雷动，维新运动达到高潮，史称“百日维新”。

当时光绪帝发布的这些诏令，属于政治方面的主要有：广开言路，提倡官民上书，不许任何人阻挠；撤除闲散衙门和重叠机构，裁减冗员；准许旗人自谋生计。属于经济方面的主要有：设立农工商局，提倡实业，奖励发明；设立铁路矿务总局，鼓励商办铁路矿务；裁减驿站，设立邮政局；创办国家银行，编制国家预决算。属于文化教育方面的主要有：废除八股文，改试策论；将各省书院和过多的祠庙改为学堂，鼓励地方和私人办学堂，创设京师大学堂，各级学堂一律兼习中学和西学；允许自由创办学会、报馆；设立译书局，编译外国新书；派人出国游历、留学。属于军事方面的主要有：裁减绿营，淘汰冗兵，采用新法练兵，添设海军，实行保甲。

「专家解疑」
淘汰：在选择中去除（不好的、弱的或不适合的）。

变法运动一开始就遭到封建顽固派的抵制和反对，随着运动的开展，维新派与顽固派的矛盾和斗争迅速加剧。1898年9月21日，以慈禧太后为首的封建顽固派发动政变，慈禧重新“训政”，光绪帝被幽禁，谭嗣同等六位维新志士惨遭杀害（这六位志士为谭嗣同、康广仁、林旭、杨深秀、杨锐、刘光第，史称“戊戌六君子”）。康有为、梁启超逃亡日本，新政全部被推翻，变法运动彻底失败。

戊戌变法是一次具有进步意义的救亡运动，也是一次具有深远影响的思想解放运动。它的失败证明，在半殖民地半封建的中国，资产阶级改良的道路是根本走不通的。

「名师点拨」
面对清政府的丧权辱国，资产阶级渴望通过变法挽救中国，然而封建势力过于强大，而此时资产阶级的势力比较微弱，最终变法失败。但这次变法对唤起中国人民的觉醒起到了显著的作用，它掀起了近代中国第一个思想解放的潮流。

## 武昌起义

1911年10月10日，在湖北省武汉市的武昌城，爆发了由资产阶级革命党人领导的武装起义。在滚滚硝烟中，中国两千年的封建帝制、清王朝二百六十八年的残酷统治终于被彻底埋葬了。

在武昌起义之前，以孙中山为首的资产阶级革命派曾在国内发动过一系列的武装起义。但是，这些起义都失败了。起义失败的原因是多方面的，最根本的原因显然与革命力量相对薄弱有关。尽管这一系列的起义都以失败告终，但革命党人前仆后继、英勇无畏的献身精神却是非常可贵的，它不断给后人以鼓舞。

武昌起义正是在这样一个特殊的环境和背景之下，在革命党人发扬了英勇顽强、不怕牺牲的革命精神后，终于取得了胜利。

武汉是当时仅次于上海的全国第二大城市，也是革命和反革命斗争最激烈的地区之一。1911年9月上旬，湖广总督瑞澄奉清政府之命调部分新军入川，镇压保路运动，武汉地区的反革命力量减弱。9月14日，在中国同盟会总会推动下，文学社和共进会决定消除彼此的成见，建立一个统一的起义领导机关。军事方面，由蒋翊武任总指挥，孙武为参谋长；政治方面，由刘公任总理。9月24日，两个革命团体召开第二次联席会议，决议在10月6日发动起义，任蒋翊武为临时总司令。对各标营

「名师点拨」
革命的力量相对薄弱，想要推翻腐朽的王朝，实现民主、共和困难重重。然而革命党人不怕失败、不怕牺牲，始终为了崇高的目标而不断奋斗。他们的精神永远值得我们歌颂。

「专家解疑」
中国同盟会：1905年孙中山在日本东京成立的中国资产阶级革命政党，其政治纲领是“驱逐鞑虏，恢复中华，创立民国，平均地权”。中国同盟会成立后，积极进行反清革命斗争，领导辛亥革命，推翻了清王朝的封建统治，建立了中华民国。1912年中国同盟会改组为国民党。

的任务也做了安排，并派人约湖南革命党人焦达峰响应。

10 月 9 日，孙武等人在汉口俄租界配制炸弹时不慎引起爆炸。俄国巡捕闻声而至，秘密泄露。湖广总督瑞澄下令关闭四城，四处搜捕革命党人。情急之下，革命党决定立即于 10 月 9 日晚 12 时发动起义。但武昌城内戒备森严，各标营革命党人无法取得联络，蒋翊武以临时总司令的名义起草命令，派人送往各标营革命党人手中，约定当晚 12 时，以南湖炮队的炮声为号，城内城外同时起义。

「名师点拨」起义进行中，清朝官员瑞澄已经探听到了风声，他采取了一系列行动，起义面临失败的危险，起义的跌宕起伏增加了读者的阅读兴趣。

但是，瑞澄已于事先听到风声，派军警查抄了各个革命机关，逮捕了刘复基、彭楚藩、杨宏胜等人，蒋翊武逃离武汉。瑞澄下令杀害刘、彭、杨三人，按查获的名册搜捕革命党人。由于武昌戒严，内外交通断绝，起义的命令未及时送到南湖炮队，10 月 9 日晚起义的计划落空。在紧急关头，新军中的革命党人自行联络，约定 10 月 10 日晚以枪声为号，按原计划发难。

「名人介绍」黎元洪（1864～1928），字宋卿，汉族，湖北黄陂人，人称“黎黄陂”，中华民国第一任副总统、第二任大总统，世居湖北黄陂西乡、县城、东乡与北乡。黎元洪是辛亥革命武昌首义的都督，也是中国历史上唯一一个两任大总统和三任副总统的人。

10 月 10 日晚，新军工程第八营的革命党人打响了武昌起义的第一枪，夺取位于中和门附近的楚望台军械所，吴兆麟被推举为临时总指挥。

到了 10 月 12 日，武汉三镇均处于起义军控制之下。革命党人发表宣言，改国号为中华民国，号召各省起义响应，成立中华民国军政府湖北都督府，推举旧军官黎元洪为都督。两个月内，湖南等十三省宣布独立，形成全国范围内的革命高潮。

1912年1月1日，中华民国临时政府成立。1912年2月12日，清帝退位，清王朝终于被推翻，中国开始进入一个新的历史阶段。

## 明治维新

1867年深秋，是日本国的多事之秋。正当金黄色的落叶从树上飘下来的时候，传来了世界要来个翻天覆地大折腾的传说。

“可好啦！可好啦！时势要大变啦！”

“倒霉要变成运气啦！可好啦！可好啦！”

成千上万的日本人，有男有女，有老有少，穿着红红绿绿的漂亮衣服，敲起了皮鼓铜钹，弹起了大小弦琴，唱着自编的歌曲拥上街头。他们一看到富商的米店，马上冲进去抢个精光；一看到富商的布店，立即冲进去砸个稀巴烂。人们恨透了那些专门囤积居奇、剥削人民的豪富，狠狠地收拾了他们。

这次暴动，席卷了日本的京都以及名古屋、大阪、横滨、江户等各大城市，弄得统治日本的德川幕府手忙脚乱，毫无办法。

「名人介绍」
睦仁也就是明治天皇（1852～1912），在位时间为1867～1912年，是孝明天皇的第二个皇子，母亲是英照皇太后。万延元年（1860年），他被定为储君，并赐名睦仁。他的名字是日本兴盛和崛起的标志。

就在这一年，日本的老天皇亡故了，皇太子睦仁即位，称“明治天皇”。当时，明治只有十五岁。日本西南部的诸侯武士，想乘机推倒德川幕府，建立以天皇为首的政权。

七百年来，日本国的天皇只是名义上的国家元首，实权掌握在“幕府”手里。幕府由德川一家世袭，他们名义上是“大将军”，实际上自称“大君”，对外代表国家，对内主持政府，大权独揽。最突出的是，幕府并不设在首都（京都），而在江户（今东京）办公，处理国家大事，往往自作主张，根本不把天皇放在眼里。

「名师点拨」
此处点出了明治维新的起因。幕府大权独揽，天皇只是名义上的国家元首，天皇与幕府之间矛盾重重，势必要展开角逐。

阴历十月十三、十四两天，西南几个诸侯的代表大久保利通、木户孝允、西乡隆盛等人在京都召开会议，商量推倒幕府的事情。他们弄到了一张明治天皇的“讨幕密诏”，个个笑逐颜开，想马上出兵去讨伐德川。

“天皇的诏书在手，不怕你德川不投降！”一个诸侯的武士说。

“对，我们现在推翻幕府，真是名正言顺啦！”另两人附和说。

正在这时，门外突然闯进了一个宫廷侍卫，急匆匆地说道：“报告各位大人，德川幕府上表啦！他们说‘奉还大权’，要把权力交还给天皇呢。”

“啊？！”诸侯武士们一下子呆住了，他们异口同声地说，“倒给德川这家伙抢先了一步！”

德川把大政“交还”天皇，原是一个骗局。他想通过这个机会，借天皇名义，自己到京都去执掌大权。这样，西南各诸侯推倒幕府的计划就成了泡影。

「好词好句」
名义
*他想通过这个机会，借天皇名义，自己到京都去执掌大权。这样，西南各诸侯推倒幕府的计划就成了泡影。
*他与英、法两国的使节密谈以后，在大阪集中了全部兵力，杀气腾腾地向京都进犯。

西南各诸侯的武士不是傻瓜。他们一看德川抢先了一步，马上调兵遣将，把自己的武力全部集中到京都，准备起事。

这一年的阴历十二月九日（1868 年 1 月 3 日），西南各诸侯的部队包围皇宫，解除了德川幕府驻皇宫警卫队的武装。他们簇拥着年少的明治，召开御前会议，宣传“王政复古”，即像远古时代一样，大权全归天皇掌握。大久保利通、西乡隆盛、木户孝允等人，一个个当上了朝廷大官。他们宣布：撤销幕府的一切权力，勒令德川交出封地和所有财产。

德川连忙逃出京都。他与英、法两国的使节密谈以后，在大阪集中了全部兵力，杀气腾腾地向京都进犯。

德川的军队很快进驻到京都的西南郊，在鸟羽、伏见两个街区同政府军相遇，展开了决战。论人数，当然是德川的兵力强，但是，他们是靠外国人撑腰的，是帝国主义的奴才，日本老百姓当然不答应。明治的政府军有大资产阶级三井财团的金钱支援，又有名正言顺的“讨伐叛逆”的理由，形势要比德川有利得多。两军一接触，德川的部队就吃了败仗。德川本人被迫逃回江户。

「专家解疑」
名正言顺：名义正当，道理也讲得通。

1868 年 4 月，双方达成协议，德川放弃一切权力，降为诸侯，政府的权力归明治天皇掌握。接着，明治将日本国的首都迁到江户，改名“东京”。

明治掌权以后，颁布了一系列消除封建、发展资本主义的“维新”法令，全日本出现了一个兴办教育、开办工商企业和大练新兵的高潮。二十年以后，日本居然成了东方的资本主义强国，这就是日本近代史上有名的“明治维新”运动。

## 萨拉热窝的枪声

「名师点拨」文章开头，作者直截了当地先描写了萨拉热窝阿柏大街上有一块刻着一双脚印的石板。此处设置了悬念，引发读者兴趣，我们不禁好奇这块石板的来历。

地处欧洲南部巴尔干半岛上的美丽城市萨拉热窝有一条阿柏大街。大街上有块奇特的纪念碑，那是一块石板，上面刻着一双脚印。石板旁边房子的墙上刻着几行醒目的大字：“1914 年 6 月 28 日，弗日罗·普林西普在这里用他的子弹表达了我们的人民对暴虐的反抗与对自由的向往。”这面墙上刻着字的房子是一个博物馆，它告诉了人们关于这块石板的来历。

「名师点拨」此处交代了故事发生的背景，塞尔维亚人想摆脱帝国控制而独立，而斐迪南一心想吞并塞尔维亚王国，这使得塞尔维亚人的反抗情绪高涨。

1914 年的那个时候，萨拉热窝所在的波斯尼亚地区是奥匈帝国的属地。当地的居民大多是塞尔维亚人。他们始终想摆脱帝国的统治，争取民族独立。当时奥匈帝国的皇太子叫斐迪南。他是野心勃勃的军国主义分子，一心想凭借奥匈帝国雄厚的实力吞并整个塞尔维亚王国。这个恶魔的所作所为引起了塞尔维亚人的强烈憎恨。他们把皇太子斐迪南看成是自己民族的不共戴天的仇敌。可是这位皇太子对此却满不在乎。他为了在塞尔维亚人面前显示自己的实力，决定在波斯尼亚举行一次军事演习，还要亲自去检阅军队。想到这是当皇帝前出风头的好机会，他特意选用了豪华的敞篷轿车。

1914 年 6 月 28 日，萨拉热窝城阳光灿烂，主要大街两旁挤满了看热闹的人群。斐迪南大公带着他的夫人检阅完军队后，乘车前往市政大厅。皇太子夫妇将在那里接受市政官员为他们举行的正式欢迎仪式。

斐迪南夫妇同坐在车队的第一辆车上。斐迪南不时地朝路两边的人群招手微笑，一副自鸣得意的样子，就像是主人在自家的庄园里巡视似的。他哪里会知道，已有七名塞尔维亚的爱国青年混在人群中。他们早已密谋在今天伺机刺杀皇太子。当车队行驶到阿柏大街的一座桥头时，七名青年人中的一个突然从人群中冲出来，朝斐迪南的车扔了颗炸弹，随后纵身跃入河中。炸弹落在斐迪南的车旁后没有爆炸。这位皇太子吓了一大跳，但他强作镇静，装出一副不慌不忙的样子，跳下车来，拾起炸弹，狠狠地把它掷往路旁。炸弹爆炸了，炸伤了一些看热闹的群众。斐迪南无动于衷地回到敞篷车上，命令司机照原计划继续前进，他怕马上逃走会有失自己的面子。那位跳入河中的青年很快就被警察逮捕了。

斐迪南夫妇在市政厅接受了欢迎仪式后，决定在返回时改变行车路线，以免再有人行刺，但慌乱中没有告诉开车的司机。当车队来到阿柏大街的一个十字路口时，敞篷车竟仍照原来的路线

「好词好句」
自鸣得意
伺机
*斐迪南夫妇同坐在车队的第一辆车上。斐迪南不时地朝路两边的人群招手微笑，一副自鸣得意的样子，就像是主人在自家的庄园里巡视似的。

「专家解疑」
无动于衷：心里一点儿不受感动；一点儿也不动心。指对令人感动或应该关注的事情毫无反应或漠不关心。

朝右转弯。这时车速已加快，所以当坐在后面几辆车上的保卫人员急得直叫“走错啦！走错啦！一直朝前开”时，车已拐到右边街上了。司机只得来个急刹车，并开始往后慢慢倒车。斐迪南夫妇为了保持皇太子和太子妃的尊严，仍然在朝人群招手，心里却恨不得赶紧离开这鬼地方，他们甚至有些后悔到这个城市来。就在敞篷车倒车的这一刻，等候在路边的另一位参加刺杀行动的塞尔维亚青年普林西普瞅准了这个绝好的时机。他一个箭步冲上前去，朝着目标举枪就射，“砰！”“砰！”两枪，第一枪击中斐迪南的颈部，皇太子的身体立刻朝旁边倾倒过去。当他的夫人本能地俯身去抱他时，第二枪打中了她的腹部。就这样，斐迪南夫妇双双饮弹身亡。

「好词好句」
绝好
饮弹
＊斐迪南夫妇为了保持皇太子和太子妃的尊严，仍然在朝人群招手，心里却恨不得赶紧离开这鬼地方，他们甚至有些后悔到这个城市来。

普林西普在射出子弹后，立即将枪对准自己头部准备自杀。但一个旁观者抓住了他的胳膊，紧接着他被赶来的警察逮住。在极短的挣扎期间，他设法吞下一小瓶毒药。如同前一个暗杀者一样，他剧烈地痉挛、恶心和呕吐。看来毒药不是太稀就是太旧了，他没能当场死去。

「专家解疑」
痉挛：肌肉紧张，不自主地收缩。多由中枢神经系统受刺激引起。

就在斐迪南被刺后的一个月，即 1914 年 7 月 28 日，奥匈帝国在德国的支持下，正式向塞尔维亚宣战。萨拉热窝的枪声终于引发了人类历史上第一次全球性的大血战——第一次世界大战。

## “圣雄”甘地与“非暴力不合作运动”

印度是个多元化的社会，人称世界上“保存最完好的人种、语言、宗教的博物馆”。这是由于印度是个拥有佛教、印度教、伊斯兰教、锡克教、耆那教、基督教、犹太教等多种宗教的国家。

当提起印度时，许多人马上就会联想到一位剃着光头、上身赤裸、皮肤黧（lí）黑，随身携带着一架木质纺纱机，一有空就纺起纱的苦行僧式的人。这个人走到哪里，都会有一群信徒自愿跟随着他。他就是在印度有“圣雄”之称的印度独立运动领导人、国大党领袖莫罕达斯·卡拉姆昌德·甘地。1869年，甘地出生在孟买北部的卡提阿瓦半岛，父亲是一个小土邦首领。十七岁时甘地到英国求学，攻读法律，学成回国后从事律师职业。1893年，在南非的一次旅途中，一个白人乘客让甘地从头等卧铺车厢离开，被甘地拒绝，后来白人叫来警察，强行把甘地从火车上赶下来。这种不公正的待遇使甘地决心对种族歧视进行抵制。在抵制种族歧视、维护印度人利益的过程中，他的非暴力主义思想逐渐形成了。

「专家解疑」
苦行僧：用苦行的手段修行的僧人，也借指为实现某种目标而自我磨炼、甘愿受苦的人。

「名师点拨」
面对白人对他的歧视，面对这不公平的待遇，甘地没有坐以待毙，而是决心抵制。甘地敢于反抗的精神值得赞颂。

甘地创造了一种独特的争取印度民族独立解放的方式，叫作“非暴力不合作运动”。采用这种运动形式是因为甘地是一个虔诚的教徒，笃信印度教教义，而佛教和印度教这两种宗教都反对任何暴力，主张以忍让和和平的方式解决一切争端。因此，甘地采用“非暴力不合作运动”形式来反对英国的统治。

“非暴力不合作运动”在1930年的“食盐进军”中达到了高潮。为反对英国殖民当局垄断食盐生产，任意抬高盐税和盐价，甘地号召印度人民用海水煮盐，自制食盐。已经六十岁开外的甘地带领一群人，徒步二十四天到海边煮盐。甘地和他的信徒们每天清晨先在海边祈祷，然后打来海水，蒸煮、分馏、过滤、沉淀。由于多次进行绝食斗争，甘地疾病缠身，但他自始至终参加劳动，坚持了三个星期。在他的倡导下，全国各地都开展了反对英国殖民统治者的斗争，罢工、罢课、游行示威，请愿运动一浪高过一浪。甘地不想看到暴力和流血事件发生，坚持以“非暴力”形式斗争。他多次被捕入狱，但每次被释放后又多次绝食祈祷，发动了“个人不合作运动”，继续为印度独立而奋斗。在为祖国独立解放而奋斗的同时，甘地也为了消除种姓制度、消灭印度教和伊斯兰教之间的纷争而斗争。他周游全国，到处演讲，常常为此而绝食。人们常常可以看到这位身体消瘦、神情疲倦而又坚毅的老人冒着生命危险，调解两个教派的争端。

「名师点拨」此时的甘地已经是一个老人，他本可以不必如此劳苦，但是为了争取印度民族独立，他不顾自身安危，在疾病缠身的情况下，徒步远行，参加劳动。也正是因为甘地身体力行地为了广大人民斗争，才使得他的行动如此具有号召力。

「名师点拨」为了争取民族独立，甘地无私地奉献了自己的一切。为了调解教派争端，他完全不顾自己的安危。他无愧于“圣雄”的称号。

经过长期的斗争，印度人民终于获得了独立。在成立印度联邦制宪会议上，甘地被称为“过去三十年来的向导和哲学家，印度自由的灯塔”。英国驻印度总督蒙巴顿也称他是“印度自由的建筑师”。

*获得了此殊荣的甘地，依然保持着极端朴素的本色。他依旧*

*赤着上身，剃着光头，随身带着纺纱机，一有空闲就纺纱。他为自力更生、振兴印度的民族纺织业做出了表率。*

1948年1月30日，七十九岁的甘地在一次调解教派纷争的活动中被一个极端分子刺杀。“圣雄”甘地伟大的一生结束了，但他永远活在印度人民和世界人民的心里。

**「智慧引路」**

甘地为印度人民的独立做出了巨大贡献，他也因此获得了极大荣誉。然而，他并未因此沾沾自喜，而是依旧保持着朴素的本色，这正是甘地的人格魅力所在。我们每个人也是一样，不要因获得荣誉而得意忘形，这样才能获得他人的尊重。

### ■名家品评

哪里有压迫，哪里就会有反抗。不管是残酷剥削和压迫人民的统治阶级还是为了自身发展而肆意入侵他国的殖民主义者，都必将遭到人民强有力的反抗。秦末和隋末社会黑暗，统治者贪图享乐，压榨人民，于是全国各地爆发了起义；清政府腐败无能、丧权辱国，于是出现了戊戌变法和武昌起义，封建清王朝最终被推翻了；英国殖民统治者占领印度，甘地率领劳苦大众反抗压迫，并最终使印度获得了独立。可见，任何无视人权、奴役人民的统治者都必将被推翻。

## 阅读思考

1. 武昌起义具有什么样的历史意义？

2. 日本的明治维新是如何促使日本发展成为东方的资本主义强国的？

3. “圣雄”甘地为什么值得人尊敬？他身上有哪些高贵的品质？

# 第三章 著名战役

从古至今，中外历史上爆发了无数次战争，这些战争中有许多险象环生、跌宕起伏，甚至是令人拍案叫绝的精彩战役。阅读本章，了解中外历史上的著名战役，思考一下，项羽是如何以少胜多，大败秦军的？谁给曹操出了十面埋伏和隔岸观火的计谋？真假军粮是怎么回事？

## 巨鹿大战

「智慧引路」项梁的队伍势力很强大，又接连打了几次胜仗，项梁因此沾沾自喜、盲目轻敌，结果遭到了秦军反扑，自己也送了命。可见人们在胜利后也不能骄傲，应居安思危，这样才能不断进取。

*项梁在整顿了军队以后，接连打了几个胜仗，打败了秦朝大将章邯。项羽、刘邦带领另一支队伍，杀了秦将李由。项梁便骄傲起来，认为秦军没有什么了不起，就放松了警惕。章邯重新补充了兵力，趁项梁不防备，发动了猛烈的反扑。项梁在战斗中被杀，项羽、刘邦只好退守彭城。*

章邯打败项梁，认为楚军元气大伤，就暂时撇开黄河以南这一头，带领秦军北上进攻赵国（这个赵国不是战国时代的赵国，而是新建立起来的一个政权），很快就攻下了赵国都城邯郸，赵王歇逃到巨鹿（今河北平乡西南）。

章邯派秦将王离把巨鹿包围起来，自己带领大军驻扎在巨鹿南面的棘原。他还在棘原和巨鹿之间修筑了一条粮道，给王离军运送粮草。

赵王几次三番派人向楚怀王求救。当时，楚怀王正想派人往西进攻咸阳。项羽急于想为叔父报仇，要求带兵进关。

怀王身边有几个老臣暗地里对怀王说：“项羽性子太暴躁，杀人太多，刘邦倒是个忠厚人，不如派他去。”正好赵国来讨救兵，楚怀王就派刘邦打咸阳，另派宋义为上将军，项羽为副将，带领二十万大军到巨鹿去救赵国。

宋义带领的大军到了安阳（今河南安阳东南），听说秦军声势浩大，就命令楚军停了下来，想等秦军和赵军打上一阵，让秦军消耗掉一部分兵力再进攻。

宋义按兵不动，在安阳一停就是四十六天。项羽耐不住性子，去跟宋义说：“秦军包围了巨鹿，形势这样紧急，咱们赶快渡河过去，跟赵军里外夹击，一定能够打败秦军。”

宋义说：“我们还是等秦军和赵军决战以后再说。”他又对项羽说：“上阵跟敌人交锋，我比不上你，要说坐在帐篷里出个计策，你就比不上我了。”

他还下了一道命令：“将士中如有不服从指挥的，就得按军法砍头！”

「名人介绍」

章邯(?~前205)，秦末著名将领，上将军。秦二世时任少府，为秦朝的军事支柱，秦王朝最后一员大将。巨鹿之战中被项羽击败，漳污之战中再次被项羽击败而投降，随项羽入关，封雍王。楚汉战争中，屡战不利，汉王二年（前205年）六月，城破自杀。

「专家解疑」

按兵不动：使军队暂不行动，等待时机。现也指接受任务后不肯行动。

这道命令分明是针对项羽的，项羽气得要命。这时候已经是十一月的天气，北方天冷，又碰着大雨。楚营里军粮接济不上，兵士们受冻挨饿，都抱怨起来。

「名师点拨」军粮不济，士兵们的处境本就十分危险，又赶上冬雨，士兵们受冻挨饿。但是作为将领的宋义却不知体谅士兵，这样的人在军中必定威望不高。

项羽说："现在军营里没有粮食，但是上将军却按兵不动，自己喝酒作乐，这样不顾国家，不体谅兵士，哪里像个大将的样子？"第二天，项羽趁会见的时候，拔出剑来把宋义杀了。他提着宋义的头，对将士们说："宋义背叛大王（指楚怀王），我奉大王的命令，已经把他处死了。"

将士们大多是项梁的老部下，宋义在将士中本就没有什么威望。大伙见项羽把他杀了，都表示愿意听项羽指挥。

项羽派人把处死宋义的事报告了楚怀王。楚怀王虽然很不满，但也只好封项羽为上将军。

项羽杀了宋义以后，先派部将英布、蒲将军率领两万人做先锋，渡过漳水，切断秦军运粮的道路，把章邯和王离的军队分割开来。然后，项羽率领主力渡河。

「专家解疑」破釜沉舟：项羽跟秦兵打仗，过河后把锅都打破，船都弄沉，表示不再回来（见于《史记·项羽本纪》）。比喻下决心，不顾一切干到底。

渡过了河，项羽命令将士，每人带三天的干粮，把军队里做饭的锅全砸了，把渡河的船只全凿沉了（文言叫作"破釜沉舟"，釜就是锅），对将士们说："咱们这次打仗，有进无退，三天之内，一定要把秦兵打退。"

项羽的决心和勇气，对将士起了很大的鼓舞作用。楚军把王离的军队包围起来，个个士气振奋，越打越勇。一个人抵得上十个秦兵，十个就可以抵上一百个。经过九次激烈的战斗，活捉了王离，其他的秦军将士有被杀的，也有逃走的，围巨鹿的秦军就这样瓦解了。当时，各路将领来救赵国的有十几路人马。可是他们害怕秦军强大，都扎下营寨，不敢跟秦军交锋。这会儿，听到楚军震天动地的喊杀声，挤在壁垒上看。他们瞧见楚军横冲直撞杀进秦营的情景，吓得伸着舌头，屏住了气。等到项羽打垮了秦军，请他们到军营来相见的时候，他们都跪在地下爬着进去，连头也不敢抬起来。

「名师点拨」
秦军实力强大，人数众多，各路人马都害怕强大的秦军。然而项羽斩断了将士们的退路，他的决心和勇气感染了每一个士兵，因而他们上下一心、以一当十，创造了以少胜多的奇迹。

大家颂扬项羽说：“上将军的神威真了不起，自古到今没有第二个。我们情愿听从您的指挥。”

打那时候起，项羽实际上成了各路反秦军的首领。

## 鸿门宴

项羽接受了章邯投降之后，想趁着秦朝混乱，赶快打到咸阳去。

大军到了新安（今河南新安），投降的秦兵纷纷议论说：“咱们的家都在关中，现在打进关去，受灾难的还是我们自己。要是打不进去，楚军把我们带到东边去，我们的一家老小也会被秦朝杀光。怎么办？”

部将听到这些议论，去报告项羽。项羽怕管不住秦的降兵，就起了杀心，除了章邯和两个降将之外，一夜之间，竟把二十

「名师点拨」
面对秦朝投降的士兵，项羽怕管不住他们，竟然将二十多万秦兵全部活埋，残暴程度非同一般。项羽的残暴手段不是一个深得民心的领袖应具备的。

多万秦兵全部活活地埋在大坑里。打那以后，项羽的残暴就出了名。

项羽的大军到了函谷关，瞧见关上有兵守着，不让进去。守关的将士说："我们是奉沛公的命令，不论哪一路军队，都不准进关。"

项羽这一气非同小可，命令将士猛攻函谷关。刘邦兵力少，不消多长时间，项羽就打进了关。大军接着往前走，一直到了新丰、鸿门（今陕西临潼东北），驻扎下来。

「专家解疑」
非同小可：形容事情重要或情况严重，不能轻视。

刘邦手下有个将官曹无伤，想投靠项羽，偷偷地派人到项羽那儿去密告，说："这次沛公进入咸阳，是想在关中做王。"

项羽听了，气得瞪着眼直骂刘邦不讲理。

项羽的谋士范增对项羽说："刘邦这次进咸阳，不贪图财富和美女，他的野心可不小哩。现在不消灭他，将来后患无穷。"

项羽下决心要把刘邦的兵力消灭。那时候，项羽的兵马四十万，驻扎在鸿门；刘邦的兵马只有十万，驻扎在灞上。双方相隔只有四十里地，兵力悬殊。刘邦的处境十分危险。

项羽的叔父项伯是张良的老朋友，张良曾经救过他的命。项伯怕仗一打起来，张良会陪着刘邦遭难，就连夜骑着快马到灞上去找张良，劝张良逃走。

张良不愿离开刘邦，却把项伯带来的消息告诉了刘邦。刘邦请张良陪同，会见项伯，再三辩白自己没有反对项羽的意思，请

「名人介绍」
张良(约前250~前186)，字子房，汉族，颍川城父人，秦末汉初杰出的谋士、大臣，与韩信、萧何并称为"汉初三杰"，曾在鸿门宴上帮刘邦脱身，后又以出色的智谋，协助汉高祖刘邦夺得天下，帮助吕后扶持刘盈登上太子之位，死后被封为留侯。

项伯帮忙在项羽面前说句好话。

项伯答应了，并且叮嘱刘邦亲自到项羽那边去赔礼。

第二天一清早，刘邦带着张良、樊哙和一百多个随从，到鸿门拜见项羽。刘邦说：“我跟将军同心协力攻打秦国，将军在河北，我在河南。我自己也没有想到能够先进了关。今天在这儿和将军相见，真是件令人高兴的事。哪里知道有人在您面前挑拨，叫您生了气，这实在太不幸了。”

「专家解疑」挑拨：搬弄是非，引起纠纷。

项羽见刘邦低声下气同他说话，满肚子气都消了。他老老实实地说：“这都是你的部下曹无伤说的。要不然，我也不会这样。”当天，项羽就留刘邦在军营喝酒，还请范增、项伯、张良作陪。

酒席上，范增一再向项羽使眼色，并且举起他身上佩戴的玉玦（jué），要项羽下决心，趁机把刘邦杀掉。可是项羽只当没看见。

「名师点拨」刘邦用低声下气的态度掩盖了自己的野心，迷惑了项羽，但范增认为刘邦是祸害，他几次示意项羽杀掉刘邦，可项羽没有这样做。这也为日后刘邦最终夺取天下埋下了伏笔。

范增看项羽不忍心下手，就借个因由走出营门，找到项羽的堂兄弟项庄说：“咱们大王（指项羽）心肠太软，你进去给他们敬酒，瞧个方便，把刘邦杀了算了。”

项庄进去敬了酒，说：“军营里没有什么娱乐，请让我舞剑助助兴吧。”说着，就拔出剑舞了起来，舞着舞着，慢慢舞到刘邦面前来了。

项伯看出项庄舞剑的用意是想杀刘邦，说：“咱们两人来对舞吧。”说着，也拔剑起舞。他一面舞剑，一面老用身子护住刘邦，使项庄刺不到刘邦。

「名人介绍」
樊哙（kuài）（前242～前189），汉族，沛县（今江苏沛县）人，西汉开国元勋、大将军，左丞相、著名军事统帅、汉高祖刘邦的心腹猛将，封舞阳侯，谥武侯。四川宣汉县有樊哙镇。

张良一看形势十分紧张，趁便离开酒席，走到营门外找樊哙。樊哙连忙上前问：“怎么样了？”

张良说：“情况十分危急，现在项庄正在舞剑，看来他们要对沛公下手了。”

樊哙跳了起来说：“要死也要死在一起。”他右手提着剑，左手抱着盾牌，直往军门冲去。卫士们想拦住他。樊哙拿盾牌一顶，就把卫士撞倒在了地上。他拉开帐幕，闯了进去，气呼呼地望着项羽，头发像要往上直竖起来，眼睛瞪得大大的，连眼角都要裂开了。

项羽十分吃惊，按着剑问：“这是什么人，到这儿干吗？”

张良已经跟了进来，替他回答说：“这是替沛公驾车的樊哙。”

项羽说：“好一个壮士！”接着，就吩咐侍从的兵士赏他一杯酒、一只猪腿。

樊哙一边喝酒，一边气愤地说：“当初，怀王跟将士们约定，谁先进关，谁就封王。现在沛公进了关，可并没有做王。他封了库房，关了宫室，把军队驻在灞上，天天等将军来。像这样劳苦功高，没受到什么赏赐，将军反倒想杀害他。这是在走秦王的老路呀，我倒替将军担心哩。”

「名师点拨」面对如此强大的项羽，樊哙毫无惧色，甚至敢指责项羽。从中既可以看出樊哙胆识过人，也可以看出他对沛公忠心耿耿。

项羽听了，没话可以回答，只说：“坐吧。”樊哙就挨着张良坐下了。

过了一会儿，刘邦起来上厕所，张良和樊哙也跟了出来。刘邦留下一些礼物，交给张良，要张良向项羽告别，自己带着樊哙从小道跑回灞上去了。

刘邦走了好一会儿，张良才进去向项羽说："沛公酒量小，刚才喝醉了酒先回去了。叫我奉上白璧一双，献给将军；玉斗一对，送给亚父（'亚父'原是项羽对范增的尊称）。"

项羽接过白璧，放在座席上。范增却非常生气，把玉斗摔在地上，拔出剑来，砸得粉碎，说："唉！真是没用的小子，没法替他出主意。将来夺取天下的，一定是刘邦，我们等着做俘虏就是了。"

一场剑拔弩张的宴会，总算暂时缓和了下来。

「专家解疑」
剑拔弩张：形容形势紧张，一触即发。

## 十面埋伏

曹操在官渡大败袁绍后，整顿军马，北渡黄河，直追袁绍。袁绍不甘心失败，为报仇雪耻，又纠集河北四州之兵，至仓亭扎寨，准备与曹操决一死战。袁、曹两军对峙，各布阵势。第一次交锋，曹军徐晃部将史涣就死于袁绍第三子袁尚的利箭之下。

「名人介绍」
袁绍（?～202），字本初，汝南汝阳（今河南周口商水袁老乡袁老村）人，出身名门望族，司空袁逢之子，汉末著名军阀，在建安五年（200年）的官渡之战中大败于曹操，在平定冀州叛乱之后，于建安七年（202年）病死。

曹操失去史涣一将，心中烦闷，说："似这样对阵相互厮杀，何时是个完？"

谋士程昱献计道："秦末楚汉相争，高祖皇帝运用十面埋伏之计，使项羽自刎身亡。我们何不效法？"

曹操说："愿你详细讲一讲。"

程昱说："将我军退至黄河边上，背水为阵，伏兵十队，引诱袁绍逼赶我军。"

左右大惊道："如此，我军岂不太危险了？"

程昱笑道："兵法说，置之死地而后生。我军无退路，必须死战，即可稳胜袁绍。"

「名师点拨」人在处于危险之中时，为了能够求生，往往会拼尽全力，发挥出更大的力量。因此，越是没有后路时，将士们越有可能取胜。

曹操采纳了程昱的计谋，将全军分列左右各五队。左列：一队夏侯惇（dūn），二队张辽，三队李典，四队乐进，五队夏侯渊；右列：一队曹洪，二队张郃，三队徐晃，四队于禁，五队高览。许褚为中军先锋。第二天，十队人马先行，埋伏在两侧。到了半夜，曹操同许褚率军前进，装出偷袭袁寨的样子。

袁绍见状，笑道："曹操这下子要喂鱼了。"尽发五寨人马，迎战许褚。

许褚拨马撤退，袁绍驱军赶来，喊杀之声不绝。等到天亮，袁绍将许褚逼到河边。曹军已无退路，曹操大喊："前有追兵，后是绝境，大家为什么不决一死战？"曹军听了，一齐奋力向前冲杀。许褚一马当先，挥刀斩杀袁军十来个将领。

「专家解疑」一马当先：作战时策马冲锋在前，形容领先或带头。

袁军大乱，只好撤退。退了一段路，几声"咚咚"战鼓响，左边夏侯渊、右边高览两支兵马冲出，袁绍带领三个儿子一个外甥，死命冲出一条血路。

又跑了十来里，左边乐进、右边于禁杀出，杀得袁军尸横遍野。又跑了数里，左边李典、右边徐晃两支人马截杀过来，袁绍

「好词好句」
胆战心惊
势如破竹
＊曹操这时斗志昂扬，亲自率领大军前去讨伐袁氏兄弟，意图一举平定河北。

父子胆战心惊，奔入寨门，令军队埋锅做饭，正要吃时，左边张辽、右边张郃径直前来冲寨。袁绍慌忙上马，率部奔向仓亭，人困马乏，正要休息，不料后面曹操率大军赶来，袁绍拼命逃离。正走间，右边曹洪、左边夏侯惇挡住去路。袁绍大叫："如果不拼死一战，我们都要给活捉了！"奋力冲杀一阵，侥幸逃出重围。袁绍抱住儿子们大哭一场，长叹道："我经历战事数十次，从没有像今天这样狼狈的！"说完，命令部将回各地整顿军务，自己带着袁尚到冀州养病去了。

## 隔岸观火

袁绍在仓亭大败后，去冀州养病，因为心情抑郁，终于得病身亡。临死前，他立小儿子袁尚为继承人，委任为大司马大将军。曹操这时斗志昂扬，亲自率领大军前去讨伐袁氏兄弟，意图一举平定河北。曹军势如破竹地攻克黎阳，很快便兵临冀州城下。袁尚、袁谭、袁熙、高干等带领四路人马合力坚守，曹军攻打多次不能奏效。

「名师点拨」
此处，作者采用对比的修辞手法向我们分析了此时面对曹操的急攻与缓攻，对方截然不同的两种反应，使我们清晰地理解了郭嘉这个计谋的妙处。

这时，曹操心中不快，谋士郭嘉说："袁绍废除长子继承权，立小儿子为头儿，兄弟及各死党之间的权力斗争是不可避免的。我们急攻，他们会团结相救；我们缓攻，他们就会相互火并。还不如撤回军队到南面去进攻荆州刘表，等候他们袁氏兄弟之间的内讧。他们内部发生事变，我们再一举而攻之，不费吹灰之力即可平定河北。这个办法叫作‘隔岸观火’。”

曹操听了觉得很有道理，便留下贾诩守卫黎阳，曹洪守卫官渡，自率主力南征刘表去了。

果然，曹操撤军不久，袁绍长子袁谭不服死去父亲的安排，同袁尚为争夺继承人位置动起刀枪，互相残杀。袁谭打不过袁尚，便派人向曹操求救。曹操再次出兵北进，杀死袁谭，打败袁熙、袁尚，很快占领了河北。

袁熙、袁尚被打败，又逃往辽东投奔了公孙康。夏侯惇等人对曹操劝道：“辽东太守公孙康，久不臣服。今二袁前去，如虎添翼，是个后患。不如乘胜追击，占领辽东。”

曹操笑道：“不必麻烦诸位将军了。几天后，公孙康自会送来二袁的头颅。”诸将都不相信。没过几天，公孙康果然献来了二袁的头颅。众人大惊，佩服曹操料事如神。曹操却说：“果然不出郭嘉所料！”

原来，郭嘉前不久病死，死前曾写了封密信交给曹操，信中说：“二袁投奔公孙康，您切不要去进攻。因为公孙康一直忌怕袁家吞并辽东，二袁去投奔，他是心有疑虑的。如果丞相去进攻，公孙康就会借助二袁之力拼力抵抗，急切间攻不下来。如果暂时缓兵不动，公孙康与二袁必相火并，您就可以一举平定了。”

大家见了郭嘉的亲笔信后，纷纷惊赞道：“这是又一次‘隔岸观火’！郭嘉真是天下奇才，可惜死得太早了。”曹操听了伤感不已。

「名师点拨」

俗话说：“兄弟齐心，其利断金。”大敌当前，袁氏兄弟不能团结一致，共同对敌，却争权夺利、互相残杀，他们被消灭是必然的。

「专家解疑」

如虎添翼：像老虎长了翅膀，形容强大的得到援助后更加强大，也形容凶恶的得到援助后更加凶恶。

隔岸观火：比喻见人有危难不援助而采取看热闹的态度。

# 真假军粮

「名师点拨」文章开头先介绍了故事发生的背景，讲到祖逖为恢复晋朝江山，曾数度率军北伐，为下面讲到真假军粮做了铺垫。

东晋名将、豫州刺史祖逖（266 ~ 321），为恢复晋朝江山，曾数度率军北伐，收复了黄河以南的大片土地。

有一年，他率军与北方羌族首领石勒的侄子石季龙交战。石季龙在败退途中，掳掠了豫州，留下战将桃豹守卫一座孤城。

祖逖乘胜前进，派出先锋韩潜进攻桃豹。韩、桃真是棋逢对手，经过反复剧烈的较量，谁也占不到谁的便宜，结果僵持在孤城里：韩潜占据东城，从东门出入；桃豹占守西城，从南门出入。双方拉锯式地打打停停，战斗了四十多天，军粮都快吃完了。祖逖听到韩潜求援粮草的报告，心里非常焦急：总部的军饷也是不敷需要，到哪儿去筹备粮食呢？

「名师点拨」双方的战斗进入相持阶段，军粮都不够吃了。这时候筹备不到粮食的祖逖心生一计，他在米袋中灌入黄土，他想做什么呢？此处引发读者思考，引起读者阅读兴趣。

祖逖谋划了许久，计上心来。一天，他命令官兵拿出上千只空米袋，将黄土灌入米袋，一袋又一袋地排列在地上。然后，组织千人的粮食运输队，另派精兵“护送”，将军粮运到韩潜驻守的东城去。另外，他又派出几名士兵挑着几袋货真价实的粮食，跟在运输大队后面，装作疲劳不堪而掉队的样子，停在路边休息。桃豹见状，立即发兵避实就虚，放过祖逖的运粮大队，抢劫“掉队”的粮食。那几名“掉队”的运粮兵见敌军蜂拥而至，即按祖逖的吩咐，弃粮逃走。桃军欢天喜地地抢走了那几袋粮食。

粮食上交给桃豹，他打开口袋一看，全是白花花、饱绽绽的大米。桃军官兵因为连续多日没吃上饱饭了，一个个像饿狼似的盯着它们。桃豹挥了挥手，示意可以烧饭，部下一拥而上，将它们瓜分了，结果只有部分士兵吃上了，大多数士兵都没沾上一粒米，纷纷骂娘，想到东城的韩军已获得大批接济的粮食，再也没有心思打仗了。桃豹又急又恨，不得不派人连连催请石勒运粮救援。

石勒闻报，立即筹措大批军粮，组建运粮驴马千头给桃豹送去。谁知祖逖早已料到对方有此一举，命令韩潜等派重兵在敌人必经的汴水一带予以拦截，全部俘获。

桃豹等了好多天，不见石勒的粮食运到，而韩军却粮丰饷足。桃豹料知自己不是韩潜的对手，便趁着黑夜，率领败军悄悄地溜跑了。韩潜终于占领了全城。

「好词好句」
一拥而上
瓜分
*桃军官兵因为连续多日没吃上饱饭了，一个个像饿狼似的盯着它们。
*谁知祖逖早已料到对方有此一举，命令韩潜等派重兵在敌人必经的汴水一带予以拦截，全部俘获。

## 特洛伊木马

古代希腊和西亚的特洛伊为了一个美丽的女人发动了一场历经十年的战争。木马计的故事就发生在这次战争中。

据说斯巴达有个姑娘叫海伦，是全希腊最美的姑娘，后来成了王后。一天，斯巴达王宫里来了一位尊贵的客人，他就是特洛伊国王的儿子帕里斯。帕里斯和海伦一见钟情，当晚，两人竟然逃回了特洛伊。

斯巴达王大怒，调集十万人马攻打特洛伊，但是攻了九年也没有打下来。这时，希腊联军突然扬帆离开了特洛伊附近的海面，

「名师点拨」
文章开头，开门见山地写出希腊和特洛伊为了一个美丽的女人发动了一场历经十年的战争，引发读者兴趣，引起下文。

只在海滩上留下一匹巨大的木马。特洛伊人搞不清这是干什么用的，议论纷纷。这时，几个牧人押来一个刚抓到的希腊人。这个希腊人说：“这是希腊人献给雅典娜女神的，你们把它拉进城，神就会保护你们。”特洛伊国王立即下令把木马弄进城去，并把它安置在雅典娜神庙附近。

特洛伊城解了围，又得到献神的宝物，当天晚上，满城人欢天喜地，庆祝胜利。夜深人静，那个希腊人偷偷地溜到木马旁边，在木马身上轻轻敲了三下，躲藏在木马中的全副武装的战士一个接一个地跳了出来，迅速打开城门。*从悄悄返回的战舰上登陆的希腊人潮水般地冲了进来，十年没有攻下的特洛伊城就这样轻而易举地被占领了。*全城被掠夺一空，烧成了一片灰烬，海伦也被她丈夫带回了希腊。

「智慧引路」十年都没有攻下的城市就这样被攻下了，可见智慧在这场战争中发挥了多么重要的作用。其实不论做什么事都应该多思考，不要盲目行动。

这就是希腊足智多谋的著名将领奥德修斯想出的一条妙计——木马计。

俗话说：“兵不厌诈。”两军交战之时，除了要有非凡的勇气外，还要有谋略，要能准确地分析敌我形势，知己知彼，而且将领和士兵一定要上下一心，精诚合作，这样才有利于取得最后的胜利，甚至能以少胜多、以弱胜强。现代社会当然不可能像古代那样战争频繁，但我们也会面临许多竞争，当面临挑战时，一个集体只有团结一致才能取得胜利。

## 阅读思考

1. 面对强大的秦军，项羽是靠什么获取胜利的？

2. 曹军攻打冀州多次都不能攻下，后来是如何成功的呢？

3. 韩潜求援粮草，可是总部也没有粮草调动，危急关头祖逖想出了什么妙计呢？

# 第四章
## 惊心兵变

所谓兵变就是军队不听指挥而发生叛变。纵观我国历史，有许多次惊心动魄、激烈紧张的兵变发生。本章所讲述的故事都是和兵变有关的。想一想故事中的主人公为何要发动兵变？他们的兵变都取得成功了吗？成功或失败的原因又是什么？

### 李密之谋

隋炀帝第一次进攻高句丽，被打得大败。一百多万隋军兵士，逃回来的只有两千七百人。这样的惨败，并没有使这个骄横的暴君死心。才隔了一年，他又发动了第二次对高句丽的进攻。他亲自率领大军攻打辽东，派大臣杨玄感在后方黎阳督运粮草。

「名人介绍」杨素(544～606)，字处道，汉族，弘农华阴（今属陕西）人，隋朝权臣、诗人，杰出的军事家、统帅。

杨玄感的父亲杨素，原是隋炀帝的亲信，帮助隋炀帝夺取皇位，后来受到隋炀帝的猜忌，郁郁不乐地死去。杨玄感对隋炀帝早就不满了，这一回看到局势混乱，就想利用这个时机推翻隋炀帝。

杨玄感用督运粮草的名义，征发了年轻力壮的民夫、船工八千多人，要他们运粮到辽东前线。那些年轻人怨透了劳役，听说叫他们远离家乡去干苦差事，更加气愤。

有一天，杨玄感把民夫集合在一起，说："当今皇上不顾百姓的死活，让成千上万的父老兄弟死在辽东，这种情况不能再忍受下去。我也是被逼来干这件事的。现在我决心跟大伙一起，推翻暴君。你们看怎么样？"

「专家解疑」
推翻：①用武力打垮旧的政权，使局面彻底改变。②根本否定已有的说法、计划、决定等。

大伙儿一听有人带头反对朝廷，怎么不愿意，顿时响起一片欢呼声。

杨玄感把八千民夫编成队伍，发给武器，准备进攻隋军。他发现他身边缺少一个谋士帮他出谋划策，不禁想起了正在长安的好朋友李密。

李密的上代是北周和隋朝的贵族。李密少年时候，被派在隋炀帝的宫廷里当侍卫。*他生性灵活，在值班的时候，左顾右盼，被隋炀帝发现了，认为这孩子不大老实，就免了他的差使。李密并不懊丧，回家以后，发愤读书，决定做个有学问的人。*

*有一回，李密骑了一头牛，出门看朋友。在路上，他把《汉书》挂在牛角上，抓紧时间读书。*正好宰相杨素坐着马车在后面赶上来，看到前面有个少年在牛背上读书，暗暗奇怪。

「智慧引路」
李密在宫中任职被罢免，他并没有因此一蹶不振，而是另辟蹊径，发奋读书，并且能始终一心一意地学习。生活中的我们也会遭遇各种挫折，我们应该学习李密的精神，以平和的心态面对，珍惜时间，努力奋斗。

杨素在车上招呼说："哪个书生，这么用功啊？"

李密回过头来一看，认得是宰相，慌忙跳下牛背，向杨素作了一个揖，报了自己的名字。

杨素问他说："你在看什么？"

李密回答说："我在读项羽的传记。"

「名师点拨」"近朱者赤，近墨者黑"，杨素发现李密谈吐非凡、志向高远，就将其介绍给自己的儿子，这是在引导杨玄感与优秀的人结交。

杨素跟李密亲切地谈了一阵，觉得这个少年人很有抱负。回家以后，杨素跟他儿子杨玄感说："我看李密这孩子的学识、才能，比你们几个兄弟强得多。将来你们有什么紧要的事，可以找他商量。"

打那以后，杨玄感就跟李密交上了朋友。

这回杨玄感要找谋士，想起他父亲的叮嘱，就派人到长安，把李密接到黎阳来。

李密到了黎阳，杨玄感向他请教：要推翻隋炀帝，这个仗该怎么个打法。

李密说："要打败官军，有三种办法。第一，皇上现在在辽东，我们带兵北上，截断昏君退路。他前有高丽，后无退路，不出十天，军粮接济不上，我们不用打也能取胜，这是上策。第二，向西夺取长安，抄他们的老巢。官军如果想退军，我们就拿关中地区作根据地，凭险坚守，这是中策。第三，就近攻东都洛阳。不过这可是一条下策。因为朝廷在东都还留着一部分守兵，不一定能很快攻得下来。"

「名师点拨」李密出的计策很高明，上策虽然用的时间长一些，但是最保险，取得胜利的可能性很大。然而杨玄感急于求成，思虑不周全，选择了下策，最终失败了。

杨玄感急于求成，听完这三条计策，觉得前两条都太费时间，说："我看你说的下策，倒是个好计策。现在朝廷官员家属，都在东都。我们攻下东都，把家属都俘虏起来。官军军心动摇，保

管能取胜。”

杨玄感立刻从黎阳出兵攻打东都，一路上，有许多农民踊跃参加起义军，队伍扩大到十万人，接连打了几个胜仗。隋炀帝正在带领大军猛攻辽阳，得到告急文书，连夜退兵，派大将宇文述等带领大军分路攻杨玄感。杨玄感抵挡不住，想往西退到长安去。宇文述带兵跟踪追击，最后，把杨玄感的人马围住。杨玄感无路可走，终于被杀。

「专家解疑」
踊跃：形容情绪热烈，争先恐后。

李密从混乱中逃了出来，想偷偷地逃回长安。但是隋军搜捕得很紧，李密还是被抓住了。

隋将派兵把李密押送到隋炀帝的行营去。半路上，李密跟十几个犯人一商量，把他们随身带的钱财都送给押送的隋兵，供他们吃喝。隋兵受了他们的贿赂，喝酒作乐，防备松懈下来。李密他们就趁隋兵酒醉糊涂的时候，瞅个机会跳墙逃跑了。

「名师点拨」
从这段描写中，我们可以清晰地感知到李密的性格。李密反隋，这是杀头的大罪，被抓住后，没有消极度日，他临危不惧，伙同犯人用钱财贿赂隋兵，使其放松警惕，趁隋兵喝醉时逃跑，又体现了他机敏的性格。

李密脱离危险以后，想另找机会，反抗隋朝。他想找个起义军的首领做靠山，但是有的起义军首领看他是个文弱书生，不大重视他。李密没办法，只好改姓换名，东躲西藏，几次差点儿被官府抓去。最后，他听说东郡（今河南滑县东）瓦岗寨有一支起义军，兵力很强，带头的叫作翟让，为人厚道，又喜欢结交英雄，就决定上东郡去投奔瓦岗军。

## 李渊起兵

李渊本来是隋王朝的贵族，靠继承祖上的爵位，当上了唐国公。公元 617 年，隋炀帝派他到太原当留守（官名），镇压农民起义。开始他也打过几个胜仗，后来看到起义军越打越强，越打越多，他也感到紧张起来了。

李渊有四个儿子。第二个儿子李世民那时候刚十八岁，是个很有胆识的青年，平时喜欢结交有才能的人。人们也觉得他**慷慨**好客，喜欢跟他打交道。他看准隋朝的统治长不了，心里早有了自己的打算。

「专家解疑」
慷慨：充满正气，情绪激昂。大方；不吝惜。

晋阳（今山西太原）县令刘文静，十分看重李世民。李世民也把他看作知心朋友。刘文静跟李密有亲戚关系。李密参加起义军以后，隋炀帝下令捉拿李密亲友。刘文静受到株连，被革了职，关在晋阳的监牢里。

李世民听说刘文静坐了牢，十分着急，赶到监牢里去探望。

李世民拉着刘文静的手说：“刘大哥，我来探望，不但是为了叙叙友情，主要是想请您帮我出个主意。”

刘文静早就知道李世民的心思。他说：“现在皇上远在江都，李密逼近东都，到处都有人造反。这倒是打天下的好时机哩。我可以帮你收集十万人马，你父亲手下还有几万人。如果用这支力量起兵，打进长安，号令天下，不出半年，可以取得天下。”

李世民高兴地说：“您真说到我心里去了。”

李世民回到家里，想想刘文静的话，越想越觉得有道理。但是要说服他父亲，倒是个难题。正好在这个时候，太原北面的突厥（我国古代北方少数民族之一）可汗进攻马邑。李渊派兵抵抗，接连打败仗。李渊怕这件事给隋炀帝知道了，要追究他的责任，急得不知道该怎么办。

「名师点拨」
隋炀帝昏庸无道，天下群雄并起，刘文静指出了现在恰是起兵反隋的好时机。从中可以看出李世民拥有推翻隋朝，建立新政权的抱负和野心。

「专家解疑」
责任：①分内应做的事。②没有做好分内应做的事，因而应当承担的后果。

李世民抓住这个机会，就找李渊劝他起兵反隋。李渊一听，吓得要命，说：“你怎么说出这种没上没下的话来。要是我去报官，准会把你抓起来。”

李世民并不害怕，说：“父亲要告就去告吧，儿才不怕死呢。”

李渊当然不会真去告发，只是叮嘱他以后别说这样的话。

「名师点拨」隋炀帝贪图享乐、凶狠残暴、不得民心，全国各地反抗的人越来越多，凭借李渊之力是镇压不完的，如果李渊不听从李世民的建议，处境必然会越来越艰难。

第二天，李世民又找李渊说：“父亲受皇上的委派，到这里讨伐反叛的人。可是眼看造反的人越来越多，您能讨伐得了？再说，皇上猜忌心很重，就算您立了功，您的处境也会更加危险。只有照我昨天说的办，才是唯一的出路。”

李渊犹豫了很长时间，才长叹一口气说：“昨天夜里，我想了想你说的话，也有道理。我也拿不定主意。从现在起，是家破人亡，还是能化家为国，就凭你啦！”

李渊把刘文静从晋阳监牢里放了出来。刘文静帮助李世民，分头招兵买马。李渊又派人把正在河东打仗的另外两个儿子李建成和李元吉招了回来。

「专家解疑」阻挠：阻止或暗中破坏使不能发展或成功。

太原的两个副留守看到李渊父子的举动反常，想出来阻挠。李渊借口他们勾结突厥，把他们抓起来杀了。

李渊又听从刘文静的计策，派人备了一份厚礼，到突厥可汗那里讲和，约他一起反隋。突厥可汗觉得这样做对他们有好处，就答应帮助李渊。

李渊稳住突厥这一头，就正式起兵反隋。李渊自称大将军，派李建成和李世民分别做左右领军大都督、刘文静做司马，又把兵士都称为“义士”。他们带领三万人马离开晋阳，向长安进军。一路上继续招募人马，并且学农民起义军的做法，打开官仓发粮给贫民。这样一来，应募的百姓就越来越多了。

「名师点拨」隋王朝腐败、腐朽，百姓苦不堪言，而李渊的这支队伍却开粮仓救济灾民，此举深得民心，故而支持者越来越多。

唐军到了霍邑（今山西霍县），遭到隋朝将军宋老生的拦击。霍邑一带道路狭隘，又正赶上接连几天下大雨，唐军的军粮运输中断了。兵士中还纷纷传说突厥兵正准备偷袭晋阳。李渊动摇起来，想撤兵回晋阳去。

李世民对李渊说：“现在正是秋收季节，田野里有的是粮食，哪怕缺粮！宋老生也没有什么可怕的。我们用义兵的名义号召天下，如果还没打仗就后撤，岂不叫人失望？回到晋阳，是断断没有生路的。”

「名师点拨」面对反隋过程中遇到的困难，李渊想要退缩，是李世民权衡利弊，分析了现在的形势。从这里可以看出李世民智勇双全、眼光长远。

李建成也支持弟弟的主张。李渊这才改变了主意，取消了撤兵的打算。

八月的一天，久雨刚刚放晴。唐军一早沿着山边小路，急行军来到霍邑城边。李渊先派李建成率领几十个骑兵在城下挑战。宋老生一看唐军人少，亲自带了三万人马出城。李世民带兵居高临下从南面山头冲杀下来，把宋老生的人马杀得七零八落。宋老生急忙回头想逃回城去，李渊的兵士已经占了城池，把城门关得紧紧的。宋老生走投无路，被唐军杀了。

「专家解疑」走投无路：无路可走，无处投奔，比喻找不到解决问题的办法，形容处境极端困难。

唐军攻下霍邑以后，继续向西进军，在关中农民军的配合下，渡过黄河。留在晋阳的李渊的女儿也招募了一万多人马，号称“娘子军”，响应唐军进关。

李渊集中了二十多万大军攻打长安。守在长安的隋军，要想抵抗也没用了。*李渊攻下长安以后，为了争取民心，宣布约法十二条，把隋王朝的苛刻法令一概废除，并且暂时让隋炀帝的孙子杨侑（yòu）做了个挂名的皇帝。*

「智慧引路」俗话说：得民心者得天下。隋朝统治者贪图享乐，压榨百姓，人们生活苦不堪言；而李渊废除之前的严苛法令，自然能得到广大人民的支持。在现实生活中也是一样，只有为广大人民群众谋福利的领导阶级才能得到人们的支持。

第二年（618年）夏天，从江都传来了隋炀帝被杀的消息，李渊才把杨侑废了，自己即位称帝，改国号为唐。这就是唐高祖。

## 玄武门之变

唐高祖即位以后，封李建成为太子，李世民为秦王，李元吉为齐王。三个人当中，数李世民功劳最大。太原起兵，原是他的主意，在以后几次战斗中，他立的战功也最多。李建成的战功不如李世民，只是因为他是高祖的大儿子，才取得太子的地位。

李世民不但有勇有谋，而且手下有一批人才。在秦王府中，文的有房玄龄、杜如晦等，号称十八学士；武的有尉迟敬德、秦叔宝、程咬金等著名勇将。太子李建成自知威信比不上李世民，

心里妒忌，就和弟弟齐王李元吉联合，一起排挤李世民。

李建成、李元吉知道唐高祖宠爱一些妃子，就经常在这些宠妃面前拍马送礼，讨她们的欢喜。李世民就没有这样做。李世民平定东都之后，有的妃子私下向李世民索取隋宫里的珍宝，还为她们的亲戚谋官做，都被李世民拒绝了。于是，宠妃们常常在高祖面前说太子的好话，讲秦王的短处。唐高祖听信宠妃的话，跟李世民渐渐疏远起来。

「名师点拨」俗话说：三人成虎。即便李世民比太子有才华、功劳大，但在宠妃们的诋毁下，唐高祖还是和李世民疏远了。

李世民多次立功，李建成和李元吉更加嫉恨，千方百计想除掉李世民。

「专家解疑」千方百计：形容想尽或用尽种种方法。

有一次，李建成请李世民到东宫去喝酒。世民喝了几盅，忽然感到肚子痛。别人把他扶回家里，他一阵疼痛，竟呕出血来。李世民心里明白，一定是李建成在酒里下了毒，赶快请医服药，总算慢慢好了。

李建成、李元吉想害李世民，但是又怕李世民手下勇将多，真的动起手来，占不到便宜，就想先把这些勇将收买过来。

李建成私下派人送了一封信给秦王手下的勇将尉迟敬德，表示要跟尉迟敬德交个朋友，还给尉迟敬德送去一车金银。

尉迟敬德跟李建成的使者说：“我是秦王的部下。如果私下跟太子来往，对秦王三心二意，我就成了个贪利忘义的小人。这样的人对太子又有什么用呢？”说着，他把一车金银原封不

「名师点拨」从尉迟敬德的话中我们可以感知到其忠贞不二、明辨是非、有情有义、不为金钱所诱惑的高贵品质。

动地退了。

李建成受到尉迟敬德的拒绝，气得要命。当天夜里，李元吉派了个刺客到尉迟敬德家去行刺。尉迟敬德早就料到李建成他们不会放过他，一到晚上，故意把大门打开。刺客溜进院子，隔着窗户偷看，只见尉迟敬德斜靠在床上，身边放着长矛。刺客本来知道他的名气，怕他早有防备，没敢动手，偷偷地溜回去了。

李建成、李元吉一计不成，又生一计。那时候，突厥进犯中原，李建成向唐高祖建议，让李元吉代替李世民带兵北征。唐高祖任命李元吉做主帅后，李元吉又请求把尉迟敬德、秦叔宝、程咬金三员大将和秦王府的精兵都划归他指挥。他们打算把这些将士调开以后，放手杀害李世民。

有人把这个秘密计划报告了李世民。李世民感到形势紧急，连忙找他大舅子长孙无忌和尉迟敬德商量。两人都劝李世民先发制人。李世民说："兄弟互相残杀，总不是件体面的事。还是等他们动了手，我们再来对付他们。"

「专家解疑」
先发制人：先动手以制伏对方；先于对手采取行动以获得主动。

尉迟敬德、长孙无忌都着急起来，说如果李世民再不动手，他们也不愿留在秦王府白白等死。李世民看他的部下十分坚决，就下了决心。

当天夜里，李世民进宫向唐高祖告了一状，诉说太子跟李元吉怎么谋害他。唐高祖答应等明天一早，叫兄弟三人一起进宫，由他亲自查问。

第二天早上，李世民叫长孙无忌和尉迟敬德带了一支精兵，埋伏在皇宫北面的玄武门，只等李建成、李元吉进宫。

没多久，李建成、李元吉骑着马朝玄武门来了，他们到了玄武门边，觉得周围的气氛有点反常，心里犯了疑。两人拨转马头，准备回去。

李世民从玄武门里骑着马赶了出来，高喊说："殿下，别走！"

李元吉转过身来，拿起身边的弓箭，就想射杀李世民，但是心里一慌张，连弓弦都拉不开来。李世民眼明手快，射出一支箭，把李建成先射死了，紧接着，尉迟敬德带了七十名骑兵一起冲了出来，尉迟敬德一箭把李元吉也射下马来。

东宫和齐王府的将士听到玄武门出了事，全部出动，猛攻秦王府的兵士。李世民一面指挥将士抵抗，一面派尉迟敬德进宫。

唐高祖正在皇宫里等着三人去朝见，尉迟敬德手拿长矛气吁吁地冲进宫来，说："太子和齐王发动叛乱，秦王已经把他们杀了。秦王怕惊动陛下，特地派我来保驾。"

高祖这才知道外面出了事，吓得不知道该怎么办才好。

「名人介绍」
尉迟敬德，即尉迟恭（585～658），字敬德，朔州平鲁下木角人，唐朝名将，官至右武侯大将军，封鄂国公，是凌烟阁二十四功臣之一。

「好词好句」
埋伏
*没多久，李建成、李元吉骑着马朝玄武门来了，他们到了玄武门边，觉得周围的气氛有点反常，心里犯了疑。两人拨转马头，准备回去。
*李元吉转过身来，拿起身边的弓箭，就想射杀李世民，但是心里一慌张，连弓弦都拉不开来。

宰相萧瑀（yǔ）等说："李建成、李元吉本来没有什么功劳，两人妒忌秦王，施用奸计。现在秦王既然已经把他们消灭，这是好事。陛下把国事交给秦王，就没事了。"

「名人介绍」
萧瑀(575~648)，字时文，南朝梁明帝萧岿第七子，梁末帝萧琮异母弟，萧皇后之弟。为人刚正不阿，光明磊落，并且深刻精通佛法道理。官至大唐宰相，凌烟阁二十四功臣之一。

到了这步田地，唐高祖要反对也没用了，只好听左右大臣的话，宣布李建成、李元吉的罪状，命令各府将士一律归秦王指挥。过了两个月，唐高祖让位给秦王，自己做太上皇。李世民即位，就是唐太宗。

## 陈桥兵变

后周恭帝即位的时候，年纪太小，由宰相范质、王溥辅政。后周的政局不稳，京城里人心浮动，谣言纷纷，说赵匡胤（yìn）快要夺取皇位啦。

赵匡胤本来是周世宗手下的得力大将，跟随周世宗南征北战，立下了不少战功。周世宗在世的时候，十分信任赵匡胤，派他做禁军统帅，官名叫殿前都点检。禁军是后周一支最精锐的部队。

「专家解疑」
精锐：（军队）装备优良，战斗力强。

世宗一死，军权落在赵匡胤手里。五代时期，武将夺取皇位的事情多得很，所以，人们有这种猜测也是不足为奇的。公元960年春节，后周朝廷正在举行朝见大礼的时候，忽然接到边境送来的紧急战报，说北汉国主和辽朝联合，出兵攻打后周边境。

大臣们慌作一团，后来由范质、王溥做主，派赵匡胤带兵抵抗。

赵匡胤接到出兵命令，立刻调兵遣将，过了两天，就带了大军从汴京出发。跟随他的还有他的弟弟赵匡义和亲信谋士赵普。

「名人介绍」

赵普（922～992），字则平，幽州蓟人，北宋著名的政治家。显德七年（960年）正月，与赵匡胤发动陈桥兵变，建立宋朝。乾德二年（964年），任宰相，协助太祖筹划削夺藩镇，罢禁军宿将兵权，实行更戍法，改革官制，制定守边防辽等许多重大措施。有“半部《论语》治天下”之说，对后世影响很大。

当天晚上，大军到了离京城二十里的陈桥驿，赵匡胤命令将士就地扎营休息。兵士们倒头就呼呼睡着了，一些将领却聚集在一起，悄悄商量。有人说：“现在皇上年纪那么小，我们拼死拼活去打仗，将来有谁知道我们的功劳，倒不如现在就拥护赵点检做皇帝吧！”

大伙听了，都赞成这个意见，就推举一名官员把这个意见先告诉赵匡义和赵普。

那个官员到赵匡义那里，还没有把话说完，将领们已经闯了进来，亮出明晃晃的刀，嚷着说：“我们已经商量定了，非请点检即位不可。”

赵匡义和赵普听了，暗暗高兴，一面叮嘱大家一定要安定军心，不要造成混乱，一面赶快派人告诉留守在京城的大将石守信、王审琦。

没多久，这消息就传遍了军营。将士们全起来了，大家闹哄哄地拥到赵匡胤住的驿馆，一直等到天色发白。

「好词好句」

嘈杂

*将士们全起来了，大家闹哄哄地拥到赵匡胤住的驿馆，一直等到天色发白。

赵匡胤隔夜喝了点酒，睡得挺熟，一觉醒来，只听得外面一片嘈杂，接着，就有人打开房门，高声地叫嚷，说：

“请点检做皇帝！”

赵匡胤赶紧起床，还没来得及说话，几个人把早已准备好的一件黄袍，七手八脚地披在他身上。大伙跪倒在地上磕了几个头，高呼“万岁”。接着，又推又拉，把赵匡胤扶上马，请他一起回京城。

赵匡胤骑在马上，才开口说：“你们既然立我做天子，我的命令，你们都能听从吗？”

将士们齐声回答说：“自然听陛下命令。”

赵匡胤就发布命令：到了京城以后，要保护好周朝太后和幼主，不许侵犯朝廷大臣，不准抢掠国家仓库。执行命令的将来有重赏，否则就要严办。

「名师点拨」赵匡胤准备建立新的政权，然而他进京后下的命令却是保护周朝太后和幼主、不许侵犯朝廷大臣、不准抢掠国家仓库。他的这一举措，可为称帝减少阻力，赢得他人的支持。

赵匡胤本来就是禁军统帅，再加上有将领们拥护，谁敢不听号令！将士们排好队伍开往京城，一路上军容整齐，秋毫无犯。

「专家解疑」秋毫无犯：形容军队纪律严明，丝毫不侵犯群众的利益。

到了汴京，又有石守信、王审琦等人做内应，没费多大劲儿就拿下了京城。

将领们把范质、王溥找来。赵匡胤见了他们，装出为难的模样说：“世宗待我恩义深重。现在我被将士逼成这个样子，你们说怎么办？”

范质等不知该怎么回答。有个将领声色俱厉地叫了起来：

“我们没有主人，今天大家一定要请点检当天子！”

范质、王溥吓得赶紧下拜。

「专家解疑」
即位：①就位。②指开始做帝王或诸侯。

周恭帝让了位。赵匡胤即位做了皇帝，国号宋，定都东京（今河南开封），历史上称为北宋。赵匡胤就是宋太祖。经过五十多年混战的五代时期，宣告结束。

赵匡胤做了皇帝，他的母亲当然成了太后。当大臣们向太后祝贺的时候，太后却皱起眉头，显出很忧愁的样子。

等大臣退了朝，侍从们问太后说："皇上即位，您怎么还不快活？"

「名师点拨」
太后的话很朴实，但很有道理。俗话说：创业容易守业难。赵匡胤虽然夺得了皇位，但想将国家治理得繁荣昌盛确实是一件非常不容易的事。

太后说："我听说做天子很不容易。能够把国家管理好，这个位子才是很尊贵的；要是管理不好，出了乱子，再想做一个老百姓还做不成哩。"

太后的担心不是没有道理的。赵匡胤虽然即了位，但是全国还没有统一，别说周围还有一个个割据政权，就是原来后周统治的中原地区，也还有一些节度使对赵匡胤即位，很不服气呢。

## 名家品评

统治者统治黑暗和乱世时期的割据混战往往易出现兵变，这从本章的故事中就很容易看出来。隋朝统治者骄横残暴、好大喜功，不顾百姓死活，这引起了杨玄感和李密发动兵变。而赵匡胤发动陈桥兵变，建立了宋朝，结束了五代十国时期割据混战的局面。这些兵变多是历史发展的必然。国家不太平，这些贵族势力必然会找出路，改变现状。而玄武门之变是皇族内部为争夺权力而发动的。

## 阅读思考

1. 杨玄感反隋失败的原因是什么？
2. 在李渊反隋的过程中，谁的功劳最大？
3. 赵匡胤发动陈桥兵变后对历史发展有什么益处？

# 第五章
# 忠臣名将

无论中国还是外国，历史上涌现出了难以计数的忠臣名将，他们或在国家危难之时献计献策；或在敌寇入侵之时奋勇杀敌；或精心部署，收复失地。他们有的忧国忧民，有的智勇双全，有的心胸宽广，他们无不为国家和人民立下了汗马功劳。阅读本章，思考一下，戚继光是怎么打败倭寇的？左宗棠为收复新疆做了哪些准备？

## 美人计

董卓自从废少帝、立献帝后，一贯骄横无比，动辄滥杀无辜。一日又以谋反罪命义子吕布砍去司空张温的头颅，百官大惊失色。

夜晚，司徒王允在自家后园长吁短叹，一位名叫貂蝉的色艺俱佳的歌妓听了，上前询问，并表示："倘有用到之处，万死不辞。"

「专家解疑」长吁短叹：因伤感、烦闷、痛苦等不住地唉声叹气。

王允顿生一计，用手杖叩地说："想不到汉家天下的安定就在你的手中。"

王允马上将董卓如何危害朝廷，吕布作为一员骁勇大将如何认他作父，他俩势力强大，很难剪除，但他俩均为好色之徒，自己很想运用连环美人计，将貂蝉嫁吕布再献董卓，让他俩反目，使吕杀董，以成大业等说了一通。

貂蝉说："大人待我如同亲父，我如不能报答您的大恩，当死于非命！"

「名师点拨」
貂蝉只是个小小歌妓，朝堂上的事本不用她伤脑筋，但她为报答王允的恩德，却不顾自身安危，担起重任，令人敬佩。

王允拜谢。

第二天，王允将金冠和明珠送给吕布，吕布亲到王家致谢。王允设宴招待，叫貂蝉为吕布斟酒。吕布见她貌若天仙，竟自心猿意马。王允即提出将貂蝉嫁与他为妾，吕布大喜而去。

「专家解疑」
心猿意马：形容心思不专，变化无常，好像马跑猿跳一样。

几天后，王允拜请董卓赴家宴，董卓允诺。王允又叫貂蝉献歌跳舞，以助酒兴。董卓见貂蝉美貌绝伦，赞不绝口。王允当即命人备好毡车，将貂蝉送至相府服侍董卓，董卓称谢不已。

王允亲自送董，返回途中，吕布一把揪住他的胸襟质问，王允解释道："这是董卓太师将小女聘回，给你做媳妇呀。我还备有嫁妆，待小女到你家后即将送上。"

吕布道歉，拜谢而去。

自此，吕布来到相府中打听消息，却总不见貂蝉人影。实在熬不住，径入堂中，询问董卓的侍女。

侍女说："夜来太师与新来的小姐共床，至今未起。"

吕布又惊又怒，偷偷到董卓卧房后窗窥探。貂蝉正在房内梳头，见了吕布，便蹙（cù）紧眉头，作出忧愁悲伤的样子，并用香罗手帕频频拭泪。两人眉目传情。董卓见状生疑，斥退吕布。此后董卓迷恋貂蝉，足不出户约有一月。后偶患小病，貂蝉衣不解带，曲意伺候。

「专家解疑」衣不解带：形容日夜辛劳，不能安稳休息。

一天，吕布直入相府向董卓问安。貂蝉在床后探出半身望他，以手指心，又以手指董，流泪不止。吕布的心都给她揉碎了。董卓见吕布目不转睛地注视貂蝉，不禁大怒道：“你敢调戏我的爱妾吗？”立即叫左右将他逐出，并下令：“今后不许入堂。”

吕布怨恨而归。董卓后经部下李儒劝说，又派人给吕布送去金帛，并以好言抚慰，但吕布心神恍惚，终日只是想念貂蝉。

一天，董卓病好，入朝议事，吕布执戟相随。见董卓与献帝说话，便离宫径去相府，找到貂蝉。貂蝉姗姗而来，哭诉道：“我自见将军，爱慕已极，能嫁将军真是如愿以偿，谁料太师顿生邪念，将我奸污。我已不洁，愿死于君前，以明我爱君之心！”说着就往荷花池里跳去，吕布慌忙将她抱住，两人偎依难分。

「名师点拨」貂蝉知道吕布已被自己的美貌迷惑，故意说自己爱慕的人是吕布，如今却被董卓占有，使吕布对董卓心生怨恨，达到离间他二人的目的。

董卓在朝不见吕布，心中生疑，忙向献帝告辞回府，见吕布与貂蝉依偎，不禁大怒，抢了画戟就要杀吕布，吕布忙逃走。貂蝉向董卓哭诉道：“吕布调戏我。”董卓发誓要杀掉吕布。

王允见时机成熟，便设下伏兵，唆使吕布杀死了董卓。

# 戚继光抗倭

中日两国一衣带水，很早以来，两国人民就友好交往。但在明朝的时候，由于日本国内形势的变化，造成了倭寇侵扰中国沿海地区的倭患，因此出现了以戚继光为首的中国军民抗击倭寇的斗争。

倭寇之患从明初以来就一直存在。朱元璋建立明朝的时候，日本正处于封建割据的南北朝时期。早在元顺帝至元二年（1336年），打进京都的足利尊氏废黜了后醍醐天皇，另立天皇，自任征夷大将军，设幕府于京都。后醍醐天皇南逃吉野，建立朝廷，史称南朝，在京都的朝廷被称为北朝。后醍醐天皇为了恢复王权，推翻幕府，派他的儿子在九州设征西

「名人介绍」
后醍（tí）醐（hú）天皇(1288~1339)，日本第九十六代天皇，1318年3月29日~1336年9月18日在位，讳尊治。

府。除了南、北两个朝廷外，还有许多割据势力——守护大名。他们掠夺财富，除互相争战之外，还常常支持和勾结海盗、商人骚扰和掳掠中国沿海地区，形成了元末明初的倭患。

朱元璋即位后，连续派使者到日本，以恢复两国关系，更重要的是为了消弭倭患。但由于日本处于分裂对抗状态，几次派使都毫无结果，倭寇侵扰日渐严重。北起山东，南到福建，到处受到劫掠。

「专家解疑」消弭（mǐ）：消除（坏事）。

嘉靖时期，随着东南沿海一带商品经济的发展，官僚、豪富下海经商的日益增多，他们之中的一些人如汪直、徐海等与倭寇勾结，组成武装劫夺集团。一些明朝官僚也与这些寇盗建立了联系。嘉靖二十七年（1548 年），明朝派朱胯巡抚浙江，兼提督福建军务。朱胯到任后，封锁海面，击杀了通倭的李光头等九十六人。朱胯的海禁触犯了通倭的官僚、豪富的利益，他们指使在朝的官僚攻击朱胯擅杀，结果朱胯被迫自杀。从此，罢巡视大臣不设，朝中朝外不敢再提海禁之事。倭寇更加猖獗起来。

「名师点拨」沿海一带的形势非常复杂，倭寇和官僚、豪富相互勾结，一心抗击倭寇的朱胯却被逼得自杀，由此可见抗倭是一件非常不容易的事。

戚继光（1528 ～ 1588），字元敬，山东蓬莱人。嘉靖年间，任都指挥佥事，在山东抗倭。他曾用“封侯非我意，但愿海波平”的诗句表达自己消除倭患的决心和志向。

「好词好句」猖獗

*他曾用“封侯非我意，但愿海波平”的诗句表达自己消除倭患的决心和志向。

嘉靖三十四年（1555 年），戚继光从山东调到浙江抗倭，他看到卫所官军毫无作战能力，而人民却英勇抗战，于是招募义乌等地的农民和矿工三千人加以训练，组成戚家军。戚家军纪律严明，战斗力旺盛。戚继光注意到倭寇的倭刀、长枪、重矢等武器的特点，创造了新的阵法——鸳鸯阵，使长短兵器相互配合，大大提高了战斗力，在抗倭战斗中屡建奇功，戚家军声名鹊起。

「专家解疑」
声名鹊起：形容名声迅速提高。

嘉靖四十年（1561年），倭寇几千人袭击浙江台州、桃渚、圻头等地，戚继光率部队在人民群众的配合支持下，九战九捷，歼灭大量倭寇，取得了决定性的胜利。卢镗、牛天赐也在宁波、温州大败倭寇。浙东的倭寇被全部扫除。

第二年，倭寇大举进犯福建。从温州来的倭寇与福宁、连江的倭寇一起攻陷寿宁、政和、宁德，自广东南澳来的倭寇与福清、长乐等地的倭寇攻陷玄钟所，并延及龙延、松溪、大田、古田、莆田。倭寇在距宁德五公里的横屿凭险固守，官军与倭寇相持一年多。新来的倭寇又在牛田、兴化筑营固守，互为声援，使福建频频告急。戚继光又率军进入福建剿寇。戚继光攻下横屿，斩首两千六百级。又乘胜攻下牛田，捣毁倭寇巢穴。

倭寇逃向兴化，戚继光乘胜追击，连夜作战，连克六十营，斩首无数。戚家军进入兴化城，受到了人民的热烈欢迎。戚继光回师福清，又歼灭登陆的倭寇二百人。

「名师点拨」
倭寇侵犯我国沿海地区，抢掠人民财产，无恶不作，当地的许多官僚却与倭寇相互勾结。而戚继光操练军队，英勇地和倭寇对抗，杀敌无数，捍卫了沿海地区百姓的利益，因此能得到人民的欢迎和拥护。

戚继光返回浙江后，大量倭寇又进扰福建，并包围兴化城。不久，倭寇攻占了兴化城。嘉靖四十二年（1563年），戚家军再次进入福建。明朝军队在平海与倭寇战斗，戚继光率军

「名人介绍」
俞大猷(yóu)(1503 ~1579)，字志辅，又字逊尧，号虚江，晋江（今福建泉州）人，明朝抗倭名将，军事家、武术家、诗人、民族英雄，与戚继光并称为“俞龙戚虎”。

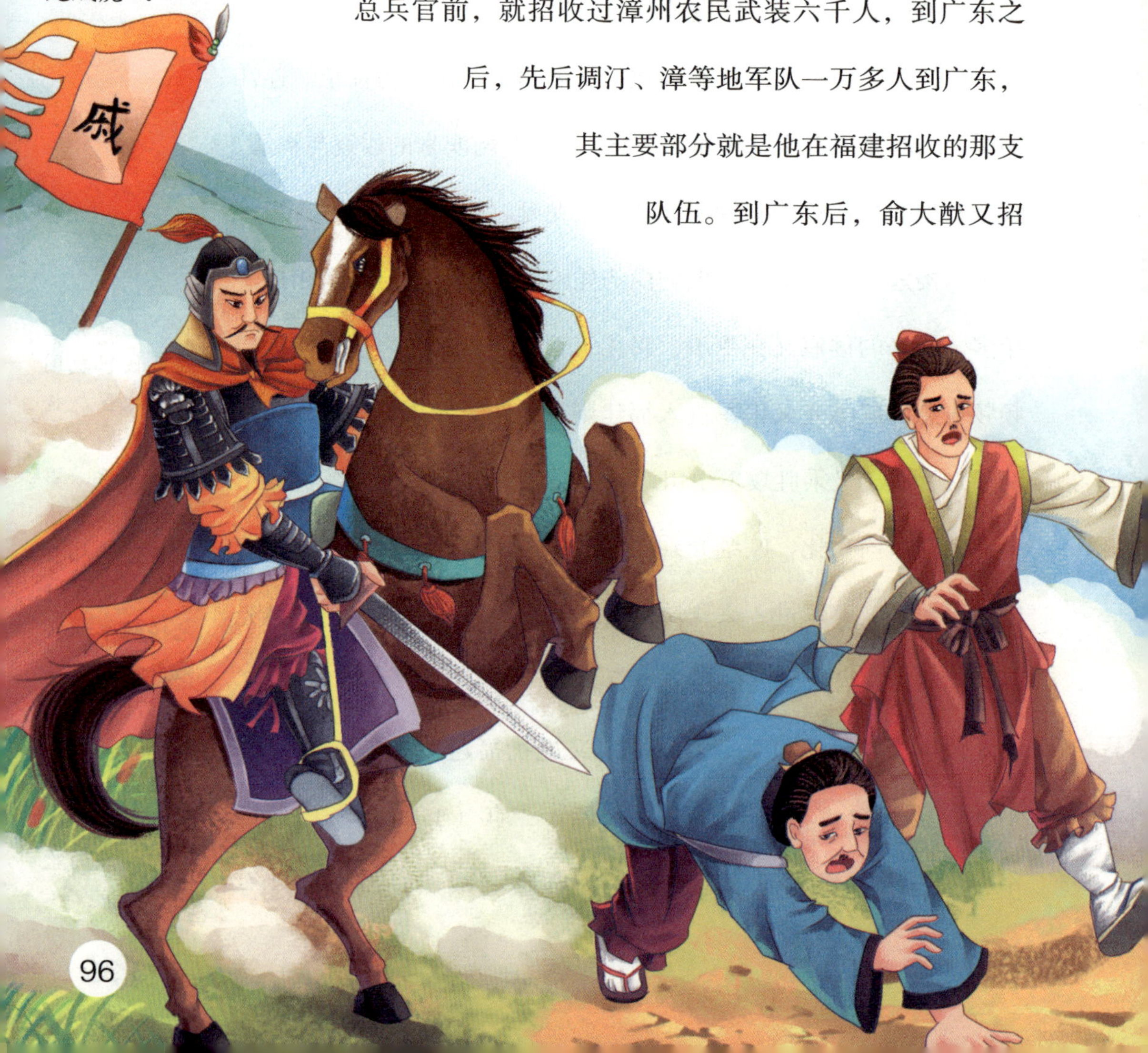

队率先登城，杀敌两千二百人，并救出被掠人口三千人。戚继光因战功而升为总兵官。

第二年，倭寇又纠集余党万余围攻仙游，戚继光先败之于城下，继而又追击余寇，歼灭大量倭寇。其后戚继光又在福宁大败倭寇，并与俞大猷一起扫清了福建境内的倭寇。

俞大猷也是一位抗倭英雄。在福建境内的倭寇被平定后，广东倭患严重。广东的倭寇主要是由俞大猷平定的。他在任广东总兵官前，就招收过漳州农民武装六千人，到广东之后，先后调汀、漳等地军队一万多人到广东，其主要部分就是他在福建招收的那支队伍。到广东后，俞大猷又招募和组织农民武装力量，在抗击倭寇的战斗中获得很大成功。嘉靖四十三年（1564 年），在海丰附近的战斗中，农民武装“花腰蜂”等英勇杀敌，取得了胜利。俞大猷领导广东军民歼灭了广东境内的倭寇。至此，东南沿海的倭患被最终平定。

## 郑成功收复台湾

南明隆武帝在福州建立政权之后，他手下的大臣黄道周是个真心抗清的人，一心想帮助隆武帝出师北伐。但是掌握兵权的郑芝龙，只想保存自己的实力，不愿出兵。过了一年，清军进军福建的时候，派人向郑芝龙劝降。郑芝龙贪图富贵，就抛弃了隆武帝，隆武政权也就灭亡了。

郑芝龙有个儿子叫郑成功（福建南安人），当时是个二十二岁的青年将领。郑芝龙投降清朝的时候，郑成功苦苦劝阻他父亲。后来，他眼见父亲执迷不悟，气愤之下，就单独跑到南澳岛，招募了几千人马，坚决抗清。清王朝知道郑成功是个能干的将才，几次三番找人诱降，都被郑成功拒绝。清将又派他弟弟带了郑芝龙的信劝他投降。他弟弟说：“你如果再不投降，只怕父亲的性命难保。”

「专家解疑」
执迷不悟：坚持错误而不觉悟。

郑成功坚决不动摇，写了一封回信，跟郑芝龙决绝。

郑成功兵力渐渐强大起来，在厦门建立了两支水师。他跟

抗清将领张煌言联合起来，乘海船率领水军十七万人开进长江，分水陆两路进攻南京，一直打到南京城下。但是清军用假投降的手段欺骗他。郑成功中了清军的计，最后打了败仗，又退回厦门。

「名人介绍」
张煌言（1620～1664），字玄著，号苍水，南明儒将、诗人，著名抗清英雄。

郑成功回到厦门，清军已经占领福建大部分地区，他们用封锁的办法，强迫福建、广东沿海百姓后撤四十里，断绝对郑军的供应，想困死郑成功。郑成功在那里招兵筹饷，都遇到困难，就决定向台湾发展。

台湾自古以来就是我国的领土。明朝末年，欧洲的荷兰人趁明王朝腐败无能，霸占了台湾的海岸，修建城堡，向台湾人民勒索苛捐杂税。台湾人民不断反抗，遭到了荷兰侵略军的镇压。

「专家解疑」
勒索：用威胁手段向别人要（财物）。

郑成功少年时期就跟随他父亲到过台湾，亲眼看到台湾人民遭受的苦难，早就想收复台湾。这一回，他下决心赶走侵略军，就下命令要他的将士修造船只，收集粮草，准备渡海。

恰好在这时候，有一个在荷兰军队里当过翻译的何廷斌，赶到厦门见郑成功，劝郑成功收复台湾。他说，台湾人民受侵略军欺侮压迫，早就想反抗了。只要大军一到，一定能够把敌人赶走。何廷斌还送给郑成功一张台湾地图，把荷兰侵略军的军事部署都告

「名师点拨」
郑成功年少时看到台湾人民遭受了苦难，他没有置身事外，而是一直把这件事放在心上，渴望有朝一日能收复台湾。他身上具备的伟大的爱国主义精神和民族主义精神值得我们赞许。

诉了郑成功。郑成功有了这个可靠的情报，进攻台湾的信心就更足了。

1661年3月，郑成功要他儿子郑经带领一部分军队留守厦门，自己亲率两万五千名将士，分乘几百艘战船，浩浩荡荡从金门出发。他们冒着风浪，越过台湾海峡，在澎湖休整几天，准备直取台湾。**这时候，有些将士听说西洋人的大炮厉害，有点害怕。郑成功把自己乘坐的战船排在前面，鼓励将士说："红毛的火炮没什么可怕，你们只要跟着我的船前进就是了。"**

「名师点拨」大炮在当时是很先进的武器，士兵们难免有畏战情绪，郑成功能身先士卒、稳定军心，可见他是个非常优秀的将领。

荷兰侵略军听说郑军要进攻台湾，十分惊慌。他们把军队集中在台湾城（今台湾东平地区）和赤崁楼（今台南地区）两座城堡，还在港口沉了好多破船，想阻挡郑成功的船队登岸。

郑成功叫何廷斌领航，利用海水涨潮的时机，驶进鹿耳门，登上了台湾岛。

台湾人民听到郑军来到，成群结队推着小车，提水端茶，迎接亲人。躲在城堡里的荷兰侵略军头目气急败坏地派了一百多个兵士冲来，郑成功一声号令，把敌军紧紧围住，杀了一个敌将，敌兵也溃散了。

侵略军又调动一艘最大的军舰"赫克托"号，张牙舞爪地开了过来，阻止郑军的船只继续登岸。郑成功沉着镇定，指挥他的六十艘战船把"赫克托"号围住。郑军的战船小，行动灵活。郑成功号令一下，六十多艘战船一齐发炮，把"赫克托"号打中起

「专家解疑」气急败坏：上气不接下气，狼狈不堪，形容十分慌张或恼怒。

张牙舞爪：形容猖狂凶恶的样子。

了火。大火熊熊燃烧，把海面照得通红，“赫克托”号渐渐沉没下去。还有三艘荷兰船一看形势不妙，吓得掉头就逃。

荷兰侵略军遭到惨败，龟缩在两座城堡里不敢应战。他们一面偷偷派人到巴达维亚（今爪哇）去搬救兵，一面派使者到郑军大营求和，说只要郑军肯退出台湾，他们宁愿献上十万两白银慰劳。

郑成功扬起眉毛，威严地说：“台湾本来就是我国的领土，我们收回这地方，是理所当然的事。你们如果赖着不走，就把你们赶出去！”

郑成功喝退荷兰使者，派兵猛攻赤嵌楼。赤嵌楼的敌军还负隅顽抗，一时攻不下来。有个当地人给郑军出个主意说，赤嵌楼的水都是从城外高地流下来的，只要切断水源，敌人就不战自乱。郑成功照这个办法做了，不出三天，赤嵌楼的荷兰人果然乖乖地投降了。

盘踞台湾城的侵略军企图顽抗，等待救兵。郑成功决定采取长期围困的办法逼他们投降。在围困八个月之后，郑成功下令向台湾城发起强攻。荷兰侵略军走投无路，只好扯起白旗投降。1662年年初，侵略军头目被迫到郑成功大营，在投降书上签了字后，灰溜溜地离开了台湾。

郑成功从荷兰侵略者手里收复了我国神圣领土台湾，成为我国历史上杰出的民族英雄。

「好词好句」
负隅顽抗
走投无路
* 荷兰侵略军遭到惨败，龟缩在两座城堡里不敢应战。
* 郑成功从荷兰侵略者手里收复了我国神圣领土台湾，成为我国历史上杰出的民族英雄。

「专家解疑」
盘踞：非法占据；霸占（地方）。

# 林则徐虎门销烟

进入 19 世纪以后，以英国为代表的西方资本主义国家由于本国的生产力过剩，就急于在海外打开市场，将过剩的产品倾销到外国去，而中国这个巨大的市场正好符合西方资本家的要求。就这样，一场倾销大战拉开帷幕，而用来倾销的商品，竟然是“罪恶之花”——鸦片！

那时的清朝实行的是闭关锁国的政策，只允许在广州一地同外国通商，中国的经济还处于自给自足的小农经济阶段，因此西方资本主义国家倾销的工业品是没有什么销路的。

西方商人绞尽脑汁，转向了罪恶的鸦片贸易。鸦片是一种对人的身心健康非常有害的毒品，很容易使人吸食上瘾，而且鸦片交易的利润极高。西方商人开始向中国全力倾销鸦片，仅在道光帝执政的前十五年，就造成了六千万两以上的白银流失，全国有二百多万人染上了烟瘾。

面对这祸害大于洪水猛兽的灾难、面对白银外流所造成的经济困境和吸毒所造成的国民体质衰弱与道德沦丧，禁烟的呼声一浪高过一浪，其中呼声最高的就是湖广总督林则徐。

林则徐在 1839 年上书道光帝，表达了自己的担忧：如果不严禁鸦片，那么几十年后，中国将没有能够与敌人应对的军队，也没有可以维持军队的饷银。林则徐的这道奏折使道光帝**触目惊心**，

「好词好句」
洪水猛兽
＊就这样，一场倾销大战拉开帷幕，而用来倾销的商品，竟然是“罪恶之花”——鸦片！

「名师点拨」
此处，作者向我们阐述了罪恶的鸦片贸易。运用说明的表达方法，通过列数字的方式，令读者清晰地感知到鸦片贸易给中国造成的巨大经济损失和对国民体质的巨大危害。

「专家解疑」
触目惊心：看到某种严重的情况引起内心的震动。

感受到了禁烟的重要性。于是就任命林则徐为钦差大臣，全权负责，前往广州查禁鸦片。

林则徐一到广东就对鸦片贩子的走私活动进行调查，并派人对英国鸦片商的大本营——驻广州的英国商馆进行控制，并通过洋商伍崇曜到英国商馆，命令把停泊在伶仃洋面上二十二艘船只上的鸦片在三日之内交出。英国大烟贩子颠地是外国鸦片商人的头目，他只是呈报了一千箱鸦片，企图蒙混过关。林则徐早就调查过海上商船的情况，知道他在撒谎，就下令传讯他，并且提出警告。可是颠地回船后，仍旧拖延时间，还对稽查人员进行武力挑衅，于是林则徐决定逮捕他。

英国商人义律将颠地藏匿在商馆里，拒绝交出来。林则徐针锋相对，封锁了黄埔一带的江面，又派兵包围了商馆。义律没有办法，最后只得交出了商船上所有的两万多箱鸦片。

林则徐在虎门码头海滩的高地上，让人挖掘两个方形大池，在里面放入盐，再引进海水，把缴获的走私鸦片投进去的同时放入石灰，让鸦片同加了石灰、盐的海水发生化学变化，即使大烟鬼想乘机闻烟味、过烟瘾也不可能。

为了杜绝鸦片走私，林则徐要求所有外国商人不许在商品中夹带鸦片，一旦违禁，船只、货物被没收，该船商人即被正法。

林则徐在查禁鸦片的同时，还加强了海岸的军事防备。他加固并且增筑炮台，在珠江口的海面上设置木排铁链，还招募水兵，组织团练，发动民众保卫海疆。虎门销烟后，义律虽然曾率英国兵船多次发起武力挑衅，都被中国军队击退。

中国人民在林则徐的带领下，向世界展示了抗击外来侵略的决心和力量！

「智慧引路」

在禁烟的过程中，林则徐遇到了一系列困难，但他始终不忘初衷，和烟贩斗智斗勇，态度坚决，终于将两万多箱鸦片全部查抄。在现实生活中，当我们做一件事时，也可能会遇到许多困难，这时不能半途而废，应学习林则徐的精神，不达目的不罢休。

「好词好句」

杜绝

挑衅

* 中国人民在林则徐的带领下，向世界展示了抗击外来侵略的决心和力量！

# 左宗棠收复新疆

新疆古称“西域”。很早以前，西域就同内地有密切联系，西汉曾经在西域设置都护府，此后中国历届中央政府都在西域设官建制。可是到了 19 世纪 60 年代，新疆各族民众在西北回民起义的影响下，发动了反清起义。一些封建主和贵族借着有沙俄撑腰，企图把新疆从中国的版图上分裂出去。而从鸦片战争以来，对中华民族做出巨大贡献的左宗棠最终收复了新疆。

「名人介绍」
左宗棠（1812 ~ 1885），字季高，一字朴存，号湘上农人，汉族，晚清重臣，军事家、政治家、著名湘军将领，洋务派首领，官至东阁大学士、军机大臣，封二等恪靖侯。

鸦片战争后，新疆各地也卷入了太平天国运动和各民族反清起义的浪潮。封建宗教头目趁机而起，新疆出现了割据纷争、各自为王的混乱局面。占据南疆的金相印为了能够取胜，竟然向原来藩属中国的中亚浩罕汗国阿古柏求援。不料，阿古柏却盘踞在新疆和沙俄及英国狼狈为奸，对各族人民实行残酷奴役和掠夺，把新疆搞得南北分裂、民不聊生。

「专家解疑」
狼狈为奸：传说狈是一种兽，前腿特别短，走路时要趴在狼身上，没有狼，它就不能行动。比喻相互勾结做坏事。

面临新疆危机，清政府内部出现海防与塞防之争。海防论的主要代表是直隶总督兼北洋大臣李鸿章，他主张舍弃西北，专注东南；塞防派的主要代表是湖南巡抚王文韶，他认为俄国侵吞西北，一日比一日厉害，应该及时防范。陕甘总督左宗棠也极力主张出兵收复新疆，他说：“新疆是中国的门户，如果我们放弃了，那么不仅甘肃、陕西会有麻烦，山西和内蒙古也会卷入战争中，最后甚至都会影响到北京！”

「智慧引路」
俗话说："磨刀不误砍柴工。"面对新疆分裂，左宗棠没有贸然出击，而是采用"缓进"的策略，用一年半的时间做了充足准备。我们在做事的时候，也应该谨遵这个道理，这样才能取得事半功倍的效果。

「专家解疑」
迅雷不及掩耳：比喻动作或事件突然而来，使人来不及防备。

经过激烈的争论，朝廷终于同意了左宗棠出兵收复新疆的意见。公元 1872 年 7 月，左宗棠率师进驻兰州。对于这次西征，左公准备采用"缓进速决"的战略。*所谓"缓进"就是要用一年半的时间筹措军饷，积草屯粮，调集军队，操练将士，创造好出战必胜的一切条件。他排除一切干扰，整顿了军队，减少了冗员，整肃了军纪，增强了军队的战斗力。为了适应出关西征的需要，他对自己的主力湘军也大力整编，剔除空额，汰弱留强。他还规定，凡是不愿出关西征的，一律给资，遣送回籍，不加勉强。经过整顿，官兵士气饱满，情绪高涨，成为一支敢于冒险犯难、一往无前的军队。*

所谓"速决"，考虑到国库空虚，军饷难筹，为了紧缩军费开支，减轻人民负担，大军一旦出发，必须以迅雷不及掩耳之势，速战速决，力争在一年半左右获取全胜，尽早收兵。因此，在左宗棠申报这笔军费预算之前，他从大处着眼，小处入手，亲自做了深入调查和细致的计算，他从一个军人、一匹军马每日所需的粮食、草料入手，推算出全军八万人马一年半时间所需的用度。然后，再以一百斤粮运输一百里为一甲一位，估算出全程的运费和消耗。甚至连用毛驴、骆驼驮运，还是用车辆运输，哪种办法节省开支也做了比较。经过周密计划，估算出全部军费开支共需白银八百万两。

1876 年，左宗棠率清军分三路进入新疆。他采取先北后南、缓进速战的正确方针，先收复了乌鲁木齐及周围地区，然后攻占吐鲁番，打开了通向南疆的门户。清军得到新疆当地各族人民的支持和拥护，当地各族人民纷纷拿起武器，加入战斗，痛击阿古柏军队，最终收复新疆。

「名师点拨」左宗棠为减轻人民负担，在军费方面想尽办法节约开支，到了新疆，正是因为他得到了人民的大力支持才取得胜利的。

## 马歇尔拒当元帅

乔治·马歇尔是美国的一代名将，在第二次世界大战中，他作为美国陆军参谋长，对建立国际反法西斯统一战线做出重要贡献。

鉴于其卓越功勋，1943 年，美国国会同意授予马歇尔美国历史上从未有过的最高军衔——陆军元帅。但马歇尔坚决反对，他的公开理由是如果称他“Field Marshal Marshall”（马歇尔元帅），后两个字发音相同，听起来很别扭。其实真正的原因是这将使他的军衔高于当时已病倒的陆军四星上将潘兴。马歇尔认为潘兴才是美国当代最伟大的军人，自己又多受潘兴提拔和力荐之恩，马歇尔不愿使他崇敬的老将军之地位和感情受到伤害。

第一次世界大战中，马歇尔随美军赴欧参战。当时的美国远征军司令潘兴非常欣赏马歇尔的才能，大战末期将他提拔为自己的副官，视为得意门生。后来潘兴虽然退役，仍然多次力荐马歇尔晋升。在潘兴的有力影响下，1939 年马歇尔领临时四星上将衔出任美国陆军参谋长。

「名师点拨」马歇尔在二战中功勋卓越，美国国会决定授予马歇尔美国历史上从未有过的最高军衔，但是他却因为不想使自己的军衔高于多次提拔他的潘兴将军而拒绝。这充分证明了马歇尔情义深重、懂得感恩的高尚人格。

有一段小插曲足以说明马歇尔对潘兴的深厚感情。1938 年春，马歇尔前往探望病榻上的潘兴。潘兴若有所思地说："乔治，总有一天你也会像我一样当上四星上将的。"马歇尔满怀激情地回答："美国只有您有资格获四星上将衔，绝不可能再有另一个人！"听到马歇尔的肺腑之言，潘兴顿时热泪盈眶："谢谢你，乔治！"

「专家解疑」
肺腑之言：发自内心的真诚的话。

马歇尔拒绝当元帅后，为了表示对他的敬意，美军从此不再设元帅军衔。1944 年年底，马歇尔晋升五星上将——美军的最高军衔。

## 名家品评

自古以来，每个国家都有许多忠臣名将名垂青史，尽管他们的生命已经终结，但他们的事迹却被人们不断传颂，他们的人格魅力获得了一代又一代人的赞扬。这些忠臣名将之所以被人们怀念，是因为他们大义凛然、为国为民的气节。他们的气节经过世代培育、弘扬、传承，成为数千年来支撑一个国家、一个民族生生不息、弱而复强、衰而复兴的灵魂和脊梁。

## 阅读思考

1. 郑成功收复台湾具有什么样的历史意义？
2. 林则徐禁烟体现了他什么样的精神？
3. 马歇尔为什么拒当元帅？

# 第六章
# 名胜古迹

从古至今，人类历史上留下了诸多名胜古迹，这些名胜古迹大多来自于文明古国。本章选取了一些世界著名的古建筑、古遗迹来加以介绍。它们有的历经千年，仍旧绽放着迷人的光彩；有的已经湮没在滚滚黄沙之中。阅读本章，思考圆明园是如何被烧毁的？“空中花园”真的是悬在空中吗？谚语“条条大道通罗马”是怎么来的？

## 火烧圆明园

1856年10月8日上午，停泊在广州海珠炮台附近码头的“亚罗”号划艇正做起航准备。这时，有一艘清军的巡逻船疾驶而来，广东水师官兵登上划艇，挨个盘问全船十四名水手的身份，并把其中十二人加以扣留，押到巡逻船上，带回广州。

「专家解疑」盘问：仔细查问或追问。

“亚罗”号原是中国人苏亚成的一艘载重一百吨的划艇，后来被海盗抢走，几经辗转，后属于中国人方亚明所有，成了走私船。为了走私的便利，曾在香港当局领过执照，但已过期失效。中国水师搜查走私船，捕走中国水手，纯属中国内政。但英国驻广州领事巴夏礼却借口该船曾在香港注册，领有执照，硬说是英国船。因此，他向两广总督叶名琛发出强硬照会，无理要求立即送回被扣的全部人犯，还要向英国道歉和赔偿。

10 月 23 日，英国海军上将西马糜各里率领英国军舰突入省河，向广州进攻，挑起了第二次鸦片战争。大敌当前，两广总督叶名琛一味妥协，下令不许还击。10 月 29 日，英军攻入广州城，叶名琛慌忙逃命。

「名师点拨」
英国侵略者进攻广州，两广总督面对罪恶的侵略者却一味妥协，下令不许还击，城破之时，只顾自己逃命。此处，一个贪生怕死、腐败懦弱的官员形象跃然纸上，他代表的是许许多多清政府官员的形象，这也是为何侵略者能长驱直入中国的原因。

1857 年春，“亚罗”号事件的消息传到伦敦，英国大资产阶级掀起战争叫嚣，英国议会通过了扩大侵华战争的提案。3 月，英国政府任命前加拿大总督额尔金为全权专使，率领一支陆海军来中国，同时向法、美、俄等国发出照会，提议联合出兵，迫使清政府签订新的不平等条约。10 月，法国拿破仑三世（即路易·波拿巴）也借口“马神甫事件”任命葛罗为全权公使，率领一支侵略军，打着为“保卫圣教而战”的幌子，继英军之后开到中国。美国和俄国也同意英国的提议，积极支持英、法发动新的侵华战争。这样，四个野心勃勃的侵略者，基于共同的利益，暂时结成了联合侵华阵线，进一步扩大由英国首先挑起的第二次鸦片战争。

「专家解疑」
幌（huǎng）子：比喻进行某种活动时所假借的名义。

1858 年 4 月，英、法、美、俄等国军舰陆续北上来到大沽。

5月20日上午8时，英法联军照会清政府，限令清军在两小时内交出大沽炮台。清政府不予理会。两小时后，英法联军悍然以数十只小汽轮和舢板闯进大沽口，向大沽炮台发动猛烈攻击。守炮台的爱国官兵奋起反抗，给侵略者以迎头痛击。但终因防御薄弱，力量悬殊，大沽口当天被占。26日，英法联军到达天津城外，清政府急忙于29日派大学士桂良和吏部尚书花纱纳到天津，与英、法等国代表谈判，并于6月26日和27日分别签订了《天津条约》。

英、法等国得寸进尺，又以到北京换约为名，准备扩大侵华战争。1860年春，英、法军舰陆续开到中国，并于7月

底再次集结于大沽口外。8 月 1 日，英法联军攻占北塘，14 日攻占塘沽，21 日又攻占大沽，24 日进入天津。清政府急忙派桂良和恒福到天津求和。但侵略者存心要攻占北京，在谈判中漫天要价，不断节外生枝，使谈判失败，英法联军逼近北京。9 月 18 日，英法联军攻陷张家湾和通州，21 日攻下八里桥。咸丰皇帝吓破了胆，派他的六弟恭亲王奕䜣为钦差大臣，留守北京，主持和议。22 日清晨，咸丰皇帝带着后妃、皇子、亲王和一批大臣，慌忙逃到热河行宫（今河北承德避暑山庄）。

「专家解疑」
节外生枝：比喻在问题之外又岔出了新的问题。
洗劫：把一个地方或一家人家的财物抢光。

「名人介绍」
奕䜣(1833~1898)，全名爱新觉罗·奕䜣，号乐道堂主人，清朝道光帝第六子，咸丰帝同父异母兄弟，生母为静妃博尔济吉特氏。道光帝遗诏封“和硕恭亲王”，清末洋务派、总理衙门首领，统称“六王爷”，保守派对其鄙称“鬼子六”。死后谥“忠”。

10 月 5 日，英法联军兵临北京城下。根据俄国外交官伊格纳提耶夫提供的情报：清朝守军集中在东城，北城是最薄弱的地方，应先攻取，并听说中国清朝皇帝正在西北郊的圆明园。于是，英法联军绕抄安定门、德胜门，进犯圆明园，并将圆明园洗劫一空，制造了震惊中外的“火烧圆明园”事件。

圆明园位于北京西北郊，始建于明朝。1709 年，清朝康熙帝把该园赐给四子胤禛（后来的雍正帝），并赐名圆明园。经雍正、乾隆、嘉庆、道光、咸丰五位皇帝一百五十多年的经营，集中了大批物力，役使了无数能工巧匠，倾注了千百万劳动人民的血汗，把它精心营造成一座规模宏伟、景色秀丽的园子。

圆明园不仅汇集了江南若干名园胜景，还创造性地移植了西方园林建筑，集当时古今中外造园艺术之大成。可以说，圆明园是中国劳动人民智慧和血汗的结晶，也是中国人民建筑艺术和文化的典范。不仅如此，圆明园内还珍藏了无数各种式样的无价之宝、极为罕见的历史典籍和丰富珍贵的历史文物，如历代书画、金银珠宝、宋元瓷器等，堪称人类文化的宝库之一。也可以说，它是当时世界上最大的一座博物馆。

首先闯入圆明园的是法国侵略军，他们见物就抢，每个法国士兵口袋里装进的珍品，都价值三四万法郎。他们空手而进，满载而归。在法国军营里，堆积着珍奇的钟表、五光十色的绫罗绸缎，以及珍贵的艺术品，价值达三千万法郎。

英国侵略军虽然来迟了一步，但金银财宝也装满了口袋。更可恶的是，对那些搬不走的大瓷器和珐琅瓶，他们竟打得粉碎。

英法侵略军把圆明园抢劫一空之后，为了销赃灭迹、掩盖罪行，英国全权大臣额尔金在英国首相帕麦斯顿的支持下，竟下令烧毁圆明园。大火连烧了三昼夜，这座世界名园化为一片焦土。

「专家解疑」
销赃：①销售赃物。②销毁赃物。

10 月 13 日，英法侵略军攻占了安定门，控制了北京城。

10 月 18 日和 19 日，这伙强盗抢劫了万寿山、玉泉山和香山等几处名园中所藏的珍贵文物，并进行第二次大焚烧。

这时，逃到热河的咸丰皇帝竟下谕“只可委曲将就，以期保全大局”。奕䜣秉承此旨意，全盘接受英、法提出的条件，于 10 月 24 日和 25 日分别与额尔金和葛罗在礼部大堂交换了《天津条

「名师点拨」
面对外国侵略者在中国犯下的恶行，大清皇帝的态度就是将就。正是因为清政府软弱无能，才更助长了侵略者的嚣张气焰。

约》，并签订了中英、中法《北京条约》；11 月 14 日又同俄国签订了中俄《北京条约》。这些丧权辱国的不平等条约，使中国的半殖民地程度进一步加深，也使中国人民的灾难更为深重了。

## 狮身人面像

「好词好句」
举世闻名
*雕像的面部为哈夫拉的形象，而身体却配上了巨大的狮子的卧姿，因而显得特别引人注目。

「名师点拨」
作者运用设问的修辞方法提出了哈夫拉为什么要将自己雕琢成这么奇怪的形象，引起读者注意，引发读者思考，对狮身人面像的修建意义进行了强调。

哈夫拉金字塔旁边，有一尊高二十多米、长约五十七米的巨型雕像，仅雕像的一只耳朵就有两米高。雕像的面部为哈夫拉的形象，而身体却配上了巨大的狮子的卧姿，因而显得特别引人注目。这就是举世闻名的狮身人面像。由于它和希腊神话中的人面怪物斯芬克斯相似，所以很多人又称它为“斯芬克斯”。狮身人面像坐西向东，蹲伏在哈夫拉的陵墓旁。在哈夫拉雕像的后脑部，是一只鹰的形象。为什么哈夫拉要把自己雕琢成这样一个神怪形象呢？据说，埃及人在开采建造金字塔的石料时，预先留下了这样一块巨石。哈夫拉在巡视自己的陵墓工程时，吩咐工匠为他雕琢一尊石像。工匠别出心裁地雕琢了一头狮子，而以哈夫拉的面像作为狮子的头。在古埃及，鹰和狮子是人们最为崇拜和尊奉的动物。人们把鹰视为最高的神兽，称作荷拉斯，即太阳神；狮子代表着战神萨克米，是力量的象征，也是各种神秘地方的守护者。所以说，狮身人面像体现了埃及法老至高无上的统治权与神源的力量，雕像从内容到形式都是为了展现这种神秘的力量。

也有些学者认为，狮身人面像是妖魔斯芬克斯的塑像，其依据是流传希腊以致全世界的一则民间故事：相传有一个怪物，它有一个美女的脑袋，狮子的身躯，还长着两只翅膀，它就是传说中巨人堤丰和蛇怪厄喀德娜所生的女儿之一，它的名字叫斯芬克斯。斯芬克斯生性十分残暴，最喜欢吃人肉。它长期驻守在古希腊中部的底比斯，盘坐在一块巨大的岩石上，对底比斯的居民提出各种各样的谜语。凡是猜不出谜语的人，都被它撕碎吃掉，连国王克瑞翁的儿子也被吞食了。国王迫于无奈，只好公开张贴告示，宣布谁能除掉这可怕的怪物，谁就可以获得底比斯的王位，并可以娶他的姐姐伊俄卡斯特为妻。

「专家解疑」

残暴：残忍凶恶。

迟暮：①天快黑的时候；傍晚。②比喻晚年。

正在这时，俄狄浦斯来到底比斯，他爬上山岩，见到斯芬克斯坐在上面，便提出自愿解答谜语。斯芬克斯说："什么东西在早晨用四条腿行走，在中午用两条腿行走，到晚上用三条腿行走？"

俄狄浦斯答道："这是人啊！人在幼年，即生命的早晨，是个软弱无力的孩子，他用两条腿和两只手在地上爬行，这就等于四条腿；他到了壮年，正是生命的中午，当然只用两条腿走路；但到了老年，已是生命的迟暮，只好拄着拐杖，好像三条腿行走。"他猜中了，斯芬克斯羞愧难当，从山岩上跳下去摔死了。国王克瑞翁为了让人们记住这个恶魔，便在斯芬克斯经常出现的地方，即今天狮身人面像的所在地，用巨石刻出斯芬克斯的形象。

14 世纪以来，狮身人面像遭到人为的破坏。18 世纪末，法国皇帝拿破仑一世侵略埃及时，为了打开一个入内的进口，以便搞清楚它内部的奥妙，竟下令用大炮轰击，结果狮身人面像的鼻子被炮弹轰掉，成了没鼻子的丑八怪。

「名人介绍」拿破仑一世（1769～1821），即拿破仑·波拿巴，出生于科西嘉岛，19 世纪著名的军事家、政治家，法兰西第一帝国的缔造者。

## 空中花园

一提到巴比伦文明，令人津津乐道、浮想联翩的首先是“空中花园”。它被誉为世界七大奇迹之一。

「好词好句」浮想联翩

*一提到巴比伦文明，令人津津乐道、浮想联翩的首先是“空中花园”。它被誉为世界七大奇迹之一。

千百年来，关于“空中花园”有个美丽动人的传说。新巴比伦国王尼布甲尼撒二世娶了米底的公主米梯斯为王后。公主美丽可人，深得国王的宠爱。可是时间一长，公主愁容渐生。尼布甲尼撒二世不知何故。公主说：“我的家乡山峦叠翠，花草丛生。而这里是一望无际的巴比伦平原，连个小山丘都找不到，我多么渴望能再见到我们家乡的山岭和盘山小道啊！”原来公主得了思乡病。于是，尼布甲尼撒二世令工匠按照米底山区的景色，在他的宫殿里，建造了层层叠叠的阶梯形花园，上面栽满了奇花异草，并在园中开辟了幽静的山间小道，小道旁是潺潺的流水。工匠们还在花园中央修建了一座城楼，矗立在空中。巧夺天工的园林景色终于博得公主的欢心。由于花园比宫墙还要高，给人感觉像是整个御花园悬挂在空中，因此被称为“空中花园”，又叫“悬苑”。当年到巴比伦城朝拜、经商或旅游的人们老远就可以看到空中城楼上的金色屋顶在阳光下熠熠生辉。所以，到公元二世纪，希腊学者在品评世界各地著名建筑和雕塑品时，把“空中花园”列为“世界七大奇迹”之一。从此以后，“空中花园”更是闻名遐迩。

「专家解疑」巧夺天工：精巧的人工胜过天然，形容技艺极其精巧。

令人遗憾的是，“空中花园”和巴比伦文明其他的著名建筑一样，早已湮没在滚滚黄沙之中。我们要了解“空中花园”，只能通过后世的历史记载和近代的考古发掘。

「名师点拨」这一段是过渡段，起到了承上启下的过渡作用。第一句提到“空中花园”已经不复存在，承接了上文对“空中花园”面貌的介绍；第二句提到只能通过历史记载和近代的考古发掘来了解“空中花园”，这是引起下文。

19 世纪末，德国考古学家发掘出巴比伦城的遗址。他们在发掘南宫苑时，在东北角挖掘出一个不寻常的、半地下的、近似长方形的建筑物，面积约 1260 平方米。这个建筑物由两排小屋组成，每个小屋平均只有 6.6 平方米。两排小屋由一个走廊分开，对称布局，周围被高而宽厚的围墙所环绕。西边那排的一间小屋中发现了一口开了三个水槽的水井，三个水槽一个是正方形的，两个是椭圆形的。根据考古学家的分析，这些小屋可能是原来的水房，那些水槽则是用来安装压水机的。因此，考古学家认为这个地方很可能就是传说中的“空中花园”的遗址。当年巴比伦人用土铺垫在这些小屋坚固的拱顶上，层层加高，栽种花木。

至于灌溉用水，是依靠地下小屋中的压水机源源不断供应的。考古学家经过考证证明，那时使用的压水机的原理和我们现在使用的链泵基本一致。它把几个水桶系在一个链带上，与放在墙上的一个轮子相连，轮子转动一周，水桶就跟着转动，完成提水和倒水的整个过程，水再通过水槽流到花园中进行灌溉。这种压水机现在仍在两河流域广泛使用，而且，考古学家也的确在遗址里发现了大量种植花木的痕迹。然而，到目前为止，在所发现的巴比伦楔形文字的泥版文书中，还没有找到确切的文献记载。因此，考古学家的解释是否正确仍需进一步研究。总之，传说中的“空中花园”，它的真实面目依旧隐身于历史的迷雾之中。

「名师点拨」古巴比伦王国距今已有上千年，当时的人们使用的压水机就已经和现在的链泵原理基本一致，这不禁令今人叹为观止。“空中花园”不愧为世界奇迹。

## 古罗马大道

西方有一句闻名世界的谚语：“条条大道通罗马。”这句谚语的起源就来自古罗马大道的修建。

「专家解疑」谚（yàn）语：在民间流传的固定语句，用简单通俗的话反映出深刻的道理。

在古代罗马的建筑奇迹中最著名的就是“罗马大道”——以首都罗马为中心面向全国的四通八达的公路网。

罗马大道的修建最初是为了战争的需要，罗马帝国建立之后，战事不多了，于是，罗马大道又成了古罗马帝国的经济命脉，大大促进了农业、手工业和商业的发展，也促进了罗马和世界其他文明中心的交流。

古罗马的供水系统——罗马水道是古罗马最具代表性的建筑，同时也是世界古代建筑的一个奇迹。罗马水道作为城市的供水系统，穿山越岭，高处开挖渠道，低处架设渡槽，从几十千米以外把水引入城市供居民饮用。除首都罗马外，在古罗马的许多城市也都有这种供水系统。罗马水道的建筑相当宏伟、壮观，最长的一条水道长达一百多千米。为了渡过山涧，现残留在法国境内的罗马水道的渡槽距地面达 48 米，而在叙利亚的一处渡槽高达 64 米，堪称世界之最。

在今天的罗马城，最引人注目的就数罗马时代著名的大竞技场的遗址了。古罗马最大的竞技场长 188 米，宽 156 米，仅在它椭圆形的巨大看台上就可容纳八万多名观众。

「好词好句」
宏伟
叹服
＊古罗马的供水系统——罗马水道是古罗马最具代表性的建筑，同时也是世界古代建筑的一个奇迹。
＊罗马水道的建筑相当宏伟、壮观，最长的一条水道长达一百多千米。
＊从雕刻技法看，巨型人像可分圆雕与浮雕两种，刀笔刚劲简练，但又刻画入微，形态生动，善于写实。

## 奥尔美加的巨石人像

2400 年至 2500 年前的奥尔美加人，在没有金属工具的条件下，仅仅靠一种硬度较大的石头，却雕凿出了伟大的石雕艺术品，令人叹服。

奥尔美加人所雕凿的这种巨型的纪念碑性的石雕品，现在发现的大约有 250 座，其中巨型人像就有 98 座。从雕刻技法看，巨型人像可分圆雕与浮雕两种，刀笔刚劲简练，但又刻画入微，形态生动，善于写实。其中巨型人头是用一块块巨大的石头雕成，有的高近 3 米，有的重达 30 吨，大都竖于“球场”（The ball court）上。另一种巨型人像是把一块自然石头雕成一座祭坛，并在其正面凿一小龛，龛内用浮雕技法雕出一个戴有高冠、佩有颈饰的“虎面人”坐像。这类雕像有的双手捧一个小孩，有的把小孩抱在怀内。它是作为神的偶像象征而被人祭祀的。奥尔美加的艺术家们首先是面向生活塑造生动而具体的形象，然后才根据宗教的要求，添加各种装饰和象征图案，创造出离奇古怪而又复杂多变的各种神像。这两种写实的传统，由奥尔美加开始，后来又传给了所有的美洲印第安文明。

「专家解疑」
偶像：用木头、泥土等雕塑的供迷信的人敬奉的雕像，比喻崇拜的对象。

■**名家品评**

名胜古迹是智慧与文明的结晶，是沧桑历史的见证，是文化和思想的外现。通过阅读本章，我们见识到了许多古代建筑，有集当时古今中外造园艺术之大成的万园之园——圆明园；有从内容到形式都展现出神秘力量的狮身人面像；有早已湮没在滚滚黄沙之中的“空中花园”等。古人在科技不发达、工具不先进的时期能建造出如此恢宏的建筑，着实令令人叹为观止。

## 阅读思考

1. 为什么哈夫拉要把自己雕琢成狮身人面这样一个神怪形象呢？

2. “空中花园”是如何保证供水的？

3. 奥尔美加的巨石人像为什么令人叹服？

# 第七章

# 灿烂文明

在浩瀚的历史长河中，人类在每个不同的历史时期都创造出了风格各异的灿烂文明，结出累累硕果，虽然历经数千年，但是在新世纪仍然焕发着青春和活力，让今天的我们都为之叹服。人类是如何起源的？荷马史诗的主要内容是什么？希腊文化的发展大致可分为哪三个阶段？这些问题都能在本章找到答案。

## 人类起源之谜

我们伟大的祖国有着非常悠久的历史，在漫长的历史中，有许多动人的、有意义的故事。其中有许多是有文字记载的。至于远古时期的情况，虽然没有文字记载，但是也流传下来一些神话和传说。

「专家解疑」传说：群众口头上流传的关于某人某事的叙述或某种说法。

譬如，我们人类的祖先，究竟是从哪里来的？古时候流传着一个盘古开天辟地的神话，说的是在天地开辟之前，宇宙不过是混混沌沌的一团气，里面没有光，没有声音。这时候，出了一个盘古氏，用大斧把这一团混沌劈了开来。轻的气往上浮，就成了天；重的气往下沉，就成了地。以后，天每天增高一丈，地每天加厚一丈，盘古氏本人也每天长高一丈。这样过了一万八千年，天就很高很高，地就很厚很厚了，盘古氏当然也成了顶天立地的巨人。后来，盘古氏死了，他的身体的各个部分就变成了太阳、月亮、星星、高山、河流、草木等。

「好词好句」
顶天立地
开天辟地
*这是因为它象征着人类征服自然的伟大气魄和丰富的创造力。

这就是开天辟地的神话。

神话毕竟只是神话，现在谁也不会相信真有这样的事。但是人们喜欢这个神话，一谈起历史，常常说从“盘古开天辟地”起。这是因为它象征着人类征服自然的伟大气魄和丰富的创造力。

那么，人类历史究竟应该从哪儿说起呢？随着科学的发展，人们通过研究地下发掘出来的化石，证明人类最早的祖先是一种从古猿转变而来的猿人。

我国科学工作者在祖国各地先后发掘出许多猿人的遗骨和遗物的化石，研究表明我们祖国境内最早的原始人，已经有一百万年以上的历史。像云南发现的元谋猿人，大约有一百七十万年的历史；陕西出土的蓝田猿人化石，大约有八十万年的历史；有名的北京猿人，也有四五十万年的历史了。

「专家解疑」
发掘：挖掘埋藏在地下的东西。

这里，我们就从北京猿人说起。北京猿人生活在周口店一带。那时候，中国北方的气候比现在温和湿润。山上山下，生长着树林、灌木和丰茂的野草。凶猛的虎、豹、狼、熊等野兽，出没在树林和山野中。那里还生长着大象、犀（xī）牛和梅花鹿。

猿人的力气比不上这些凶猛的野兽，但是他们和任何动物根本不同的地方，就是他们能够制造和使用工具。这种工具十分简

「名师点拨」
人和动物最根本的区别是人会制造工具。虽然人没有动物凶猛，但人们可以利用工具保护自己，从而生存下来。

单，一件是木棒，一件是石头。木棒，树林里多的是，但它是经过人砍削的；石头呢，是经过人工砸打过的，虽然很粗糙，但毕竟是人制造的工具。

他们就是用这些简单的工具来采集果子，挖植物的根茎吃的；他们还用木棒、石器来同野兽做斗争，猎取食物。

「专家解疑」简陋：（房屋、设备等）简单粗陋；不完备。

但是，这种工具毕竟太简陋了，他们获取的食物是很有限的，靠个人的力量，没法生活下去，只好过着群居的生活，共同劳动，共同对付猛兽的侵袭。这种人群就叫原始人群。

几十万年过去了，猿人在艰苦的斗争中进化了。在北京周口店龙骨山的山顶洞穴里，发现另一种原始人的遗迹。这种原始人的样子，已经和现代人没有什么两样。我们把他们叫作“山顶洞人”。

「名师点拨」随着时间的推移，猿人也在不断进化，此时的山顶洞人比北京猿人更善于利用工具，除了会制造石斧、石锤，还会做骨针，和现代人的差距越来越小。

山顶洞人的劳动工具有了很大的改进，他们不但能够把石头砸成石斧、石锤，而且还把野兽的骨头磨制成骨针。别小看这一枚小小的骨针，在那时候，人们能磨制骨针可不是一件简单的事。有了骨针，人们可以把兽皮缝成衣服，不像北京猿人那样赤身裸体。

山顶洞人过的也是群居生活。但他们的群居生活已经按照血统关系固定下来。一个集体的成员都是共同祖先生下来的，也就是同一氏族的人。这样，人类社会就进入了氏族公社时期了。

## 西方文明的开端

古希腊是希腊人当时生活地区的通称，它包括希腊半岛、爱琴海中的各岛屿、克里特岛和小亚细亚半岛的西部海岸地带。希腊文明最早产生于爱琴海诸岛，也就是希腊的原始文明——爱琴文明。爱琴文明以克里特文明和迈锡尼文明为标志，不但是希腊古典文明的历史源头，也是西方文明的开端。

希腊半岛三面环海，而且具有世界上最曲折的海岸线。爱琴海中的岛屿星罗棋布，总数在四百八十个以上。爱琴海区域又是一个多山地带，群山把希腊半岛的陆地隔成一小块一小块的地区，不少地区彼此闭塞。可耕面积受到很大限制，找不到像东方大河流域那样的沃野，因此农业不像东方大河流域那样发达。粮食作物以大麦、小麦、豆类为主，园艺作物则以橄榄和葡萄最为重要。

古代希腊大城邦的粮食往往不能自给自足，要从黑海沿岸和埃及等地输入谷物。这促进了航海的发展，希腊也具有较好的航海条件。频繁的航海活动又激起了他们探求与开拓大自然的强烈欲望，铸就了他们对外冒险扩张的民族性格。

雅典城邦及全希腊宗教中心地达尔斐城位于半岛中部。南部希腊为伯罗奔尼撒半岛，这里有古代希腊最大的城邦之一斯巴达。

爱琴海南部最大的岛屿是克里特岛，东西长约250千米，南北狭长约十二至六十千米，在古代富有森林，气候滋润，较宜于农业发展。海上交通方便。正是这样一种有利的地理环境，最先产生了爱琴海区域的古代文明。

「好词好句」

星罗棋布

自给自足

* 爱琴文明以克里特文明和迈锡尼文明为标志，不但是希腊古典文明的历史源头，也是西方文明的开端。

* 频繁的航海活动又激起了他们探求与开拓大自然的强烈欲望，铸就了他们对外冒险扩张的民族性格。

「专家解疑」

闭塞：①堵塞。②交通不便；偏僻；风气不开。③消息不灵通。

# 不朽的《荷马史诗》

「名人介绍」
荷马（约前9世纪~前8世纪），古希腊盲诗人。相传记述公元前12~前11世纪特洛伊战争以及海上冒险故事的古希腊长篇叙事代表作史诗《伊利亚特》和《奥德赛》，即是他根据民间流传的短歌综合编写而成。他的杰作《荷马史诗》，在很长时间里影响了西方的宗教、文化和伦理观。

「好词好句」
吟唱
传说
*其内容包括生产、天文、地理、历史、哲学和艺术等各方面的知识，如百科全书一样教育了古希腊人。

荷马是一位传说中的人物，大约生活在公元前9世纪到公元前8世纪之间，可能是爱琴海一带的人。据说他是一个双目失明的职业乐师，同时又是一位大诗人。他背着七弦竖琴，四处漂泊，把自己的诗吟唱给人们听。古希腊流传最久的两部史诗《伊利亚特》和《奥德赛》就是他的作品，历史上称为“荷马史诗”。

荷马史诗是以说唱形式流传下来的希腊远古时代关于人与神的传说。其内容包括生产、天文、地理、历史、哲学和艺术等各方面的知识，如百科全书一样教育了古希腊人。《荷马史诗》又是战争的产物，记录下了公元前12世纪末，历时十年的希腊人和特洛伊人的战争，最后希腊人毁灭了特洛伊城。

传说中，特洛伊得罪了争吵女神厄里斯，她挑起了另外三位女神的不和。女神阿弗洛狄忒帮助特洛伊王子去斯巴达拐走了美丽的海伦，并抢走了大批财物。希腊各部落公推迈锡尼王阿伽门农为联军统帅，攻打特洛伊城。战争进行了十年，最后，希腊人终于攻下了特洛伊城。在小亚细亚一带流传着许多歌颂这次战争中部落首领的英雄事迹的短歌。盲诗人荷马以此为基础，予以加工整理，最后形成了具有完整情节和统一风格的两部伟大史诗。

# 古希腊文化高峰

希腊文化的发展大致可分为三个阶段：神话与史诗时期、古典时期、希腊化时期。

古典时期是希腊文化的全盛时期，这个时期不但产生了《荷马史诗》这样不朽的作品，而且涌现出大批诗歌。这些诗歌包括抒情诗、讽刺诗、哲理诗等。诗人品达创作的许多热情歌颂希腊英雄的诗歌，在古代希腊享有极高的声誉。

「好词好句」
繁荣
不屈不挠
＊诗人品达创作的许多热情歌颂希腊英雄的诗歌，在古代希腊享有极高的声誉。

从公元前 5 世纪开始，戏剧在雅典获得了空前的繁荣。戏剧有悲剧和喜剧，悲剧的杰出代表是爱斯奇里斯、幼里披底斯和索福克利斯。

爱斯奇里斯被恩格斯称为“悲剧之父”，作品中充满信心和勇气，具有强烈的爱国精神。他的《普罗米修斯》一剧取材于普罗米修斯盗取天火的神话，歌颂了人类为幸福不怕牺牲、不屈不挠的斗争精神。

幼里披底斯被誉为“舞台上的哲学家”，大约写了九十二部剧本，其中《美狄亚》等十八部悲剧最为著名。

索福克利斯被誉为“戏剧艺术的荷马”，是希腊悲剧作家中获奖最多的一位。

希腊喜剧的最杰出作家是雅典的阿里斯多芬，被称为希腊“喜剧之父”。他的喜剧创作特点是具有浓厚的政治色彩，所有严肃的社会政治问题，他都以诙谐或幻想形式、嬉笑怒骂的手段表达出来。

「专家解疑」
诙谐：说话有风趣，引人发笑。

在建筑方面，希腊人善用柱廊，创造了多利亚、爱奥尼亚、科林斯三种石柱的形式，为日后西方建筑所沿袭，成为发展的基础。它们的共同特点是庄严、和谐、精致、爽朗，被认为是古代建筑艺术中的杰作。

「名人介绍」
苏格拉底：古希腊著名的思想家、哲学家、教育家、公民陪审员，他和他的学生柏拉图，以及柏拉图的学生亚里士多德被并称为“古希腊三贤”，更被后人广泛认为是西方哲学的奠基者。

希腊的古典雕刻在现实主义表现方面也达到了很高的成就，作品内容主要是表现理想的、完美的人。最著名的三个雕刻家是米隆、菲迪亚斯和坡力克利特。米隆的“掷铁饼者像”，菲迪亚斯的“雅典娜女神像”，坡力克利特的“持矛者像”等，都是对当时和后代有极大影响的作品。直到今天，雅典卫城依然被学者们誉为希腊“建筑艺术的博物馆”。

## 西方哲学家的摇篮

古希腊是“西方哲学家的摇篮”。在希腊哲学家中，代表人物是“希腊哲学三圣”：苏格拉底、柏拉图和亚里士多德。

「名人介绍」
柏拉图：古希腊伟大的哲学家，也是全部西方哲学乃至整个西方文化最伟大的哲学家和思想家之一。其创造或发展的概念包括：柏拉图思想、柏拉图主义、柏拉图式爱情、经济学图表等。

雅典哲学家苏格拉底（前 469 ~ 前 399）自称为“爱智者”，要把人对于物质自然亦即客观世界的求知转为对于内在自我亦即主观世界的求知。所以他说：“认识你自己。”

希腊唯心主义哲学的最大代表是苏格拉底的学生——雅典哲学家柏拉图（前 427 ~ 前 347）。柏拉图哲学的中心思想是认为在现实世界之上还有超经验的理念世界。理念是第一性的，现实是第二性的；现实是理念的派生，这是一种客观唯心论。

在政治上，柏拉图拥护贵族政治，反对民主。他的“理想国”把人分为三等：第一等是治国的贤哲；第二等是卫国的武士；第三等是农夫、手工艺者、商人，他们的责任是养活前两等人。至于奴隶，柏拉图根本没有把他们当作人来考虑。

第三位代表人物是柏拉图的著名弟子亚里士多德（前 384 ~ 前 322），他摇摆于唯物主义和唯心主义之间。他认为理念世界不能成为现实世界的基础和根源，但他又承认脱离身体而独立存在的理性灵魂。亚里士多德认为奴隶制度是合理的。

「名人介绍」
亚里士多德：古代先哲，古希腊人，世界古代史上伟大的哲学家、科学家和教育家之一，堪称希腊哲学的集大成者。马克思曾称亚里士多德是古希腊哲学家中最博学的人物，恩格斯称他是“古代的黑格尔”。

亚里士多德在历史上的重大作用在于他多方面地总结了希腊各科学术的成果。

希腊古典时期在科学技术方面也颇有成就，这时出现了一些著名代表，如几何学家欧几里得、天文学家墨东、“医学之父”希波克拉底。许多哲学家同时也是卓越的科学家，如毕达哥拉斯也以研究天文学和几何学著名，证明了“毕达哥拉斯定理”。希腊的哲学在发展过程中，又与科学结下了不解之缘，特别是德谟克利特的原子论、毕达哥拉斯的数的审美学说、亚里士多德的逻辑方法，成为以后西方近代科学产生的三个最重要的思想前提。

「专家解疑」
不解之缘：不能分开的缘分，指亲密的关系或深厚的感情。

## 文艺复兴

中世纪的欧洲处在天主教会的严格控制下，哲学、文艺和自然科学都变成了神学的附庸，科学和文化的发展都受到严重阻碍。公元 14 世纪至 16 世纪，在西欧封建社会向资本主义社会过渡的历史转折时期，新兴的资产阶级经过同封建领主的斗争，在一些城市取得了自治权。人文主义思想家、艺术家、诗人等，无不热衷于研究古代希腊、罗马的文化典籍，发掘和利用其中一切与基督教神学相对立的文化因素作为思想武器。这场资产阶级文化运动发端于意大利，其新思潮的代表人物提出了人道主义。他们主张以人为中心，反对以神为中心，宣扬摆脱教会对人们思想的禁锢，大力提倡复兴希腊、罗马的古文化，因而被称为“文艺复兴”运动。

「专家解疑」
禁锢：①封建时代统治集团禁止异己的人做官或不许他们参加政治活动。②关押；监禁。③束缚；强力限制。

文艺复兴运动很快就扩展到了德国、法国、英国等国家。它猛烈地冲击着封建制度和基督教会，为即将诞生的资本主义创造了条件。在这场运动中，群星璀璨，巨匠辈出，为后人留下了大量宝贵的文化遗产。

意大利是文艺复兴的发祥地。佛罗伦萨人彼特拉克是最早的人文主义思想家。他广泛搜集希腊、罗马的古籍，宣扬以人而不是以神为中心的思想。佛罗伦萨诗人但丁也是意大利文艺复兴运动的先驱。他的名著《神曲》描写作者游历天堂、地狱的见闻，把许多僧侣放到了地狱里受苦，反映了他对中世纪神学的憎恶。另外一位佛罗伦萨人薄伽丘是位小说作家，他的名著《十日谈》以幽默、尖锐、辛辣的笔触，揭露了教士的伪善和丑行，鞭挞了教会的禁欲主义。达·芬奇是文艺复兴时期文化巨匠的典型，才华横溢，具有极丰富的想象力和创造力。他终身勤奋工作，成就显著，在绘画、雕刻、数学、力学和建筑等方面都为后世留下了丰厚的财富。

「名人介绍」
达·芬奇即莱昂纳多·达·芬奇，又译列昂纳多·达·芬奇、李奥纳多·达·芬奇(1452~1519)，是意大利文艺复兴时期的一个杰出天才：他是一名画家、雕刻家、建筑师、音乐家、数学家、工程师、发明家、解剖学家、地质学家、制图师、植物学家和作家，堪称史上屈指可数的全能全才。

## 密林深处的文明

玛雅人在中美洲的密林中创造了光辉灿烂的古代文明，其象征就是尤卡坦半岛南端的科潘城，位于现在的洪都拉斯和危地马拉一带。

科潘城规模宏大，城市的中心由广场、神庙、殿堂、祭坛和球场等建筑群组成，还有进行天文观测的建筑设施。有一座纪念性神庙建筑，它的台阶上有两个狮头人身像，嘴里衔着一条蛇，一只手攥着火炬，另一只手握着几条蛇。在一座神庙前的石级上，矗立着一个代表太阳神的巨大人头石像，威武庄严，石像上雕有金星图案，令人惊讶。

科潘的纪念碑和建筑物上的象形文字符号书写最美、刻制最精、字数最多。有一条六七十级的梯道，用2500多块方石砌成，每块方石上都刻着象形文字，每个象形文字的四周均雕有花纹，梯道刻了2000多个象形文字符号。它是玛雅象形文字最长的铭刻，被称为“象形文字梯道”。

「名师点拨」
文章开头先总说光辉灿烂的玛雅文明是在中美洲的密林中创造的，接着介绍了玛雅文明的象征就是科潘城，引起下文。

「好词好句」
纪念
* 在一座神庙前的石级上，矗立着一个代表太阳神的巨大人头石像，威武庄严，石像上雕有金星图案，令人惊讶。

## 托尔特克人的文化

在狄奥提瓦康文化开始兴起的时候，居住在今墨西哥北部的另一支游牧民族托尔特克人，也创造了自己独特的文化。

“托尔特克”是“名匠和学者”的意思。公元967年，托尔特克人远征达金和奇钦·伊查，在那里建立了新的玛雅——托尔特克城邦，在中部高原地区逐渐建立了统治。

托尔特克人的文化遗址，位于现今墨西哥的伊达尔哥州，如杜拉古文化遗址，分布在一个边长约 120 米的四方形广场的周围。它的北面有一个最大的神庙，是托尔特克人祭祀金星的神庙所在。另外，还有太阳神庙、宫殿、球场、祭坛和起居室等。

「专家解疑」
祭祀：旧俗备供品向神佛或祖先行礼，表示崇敬并求保佑。

托尔特克人在宗教信仰方面开始废除了用活人作为牺牲献祭的礼仪。在杜拉遗址的广场中心的祭坛上，置有一个“神的使者”的雕像，像高 66 厘米，平卧地上，双手捧一盒。托尔特克人把这种雕像叫作查克摩尔，小盒就是收容贡献物品的。查克摩尔雕像的出现，是从托尔特克人开始的，也是托尔特克文化的主要特征之一。

托尔特克人的制陶工艺，受狄奥提瓦康文化的影响很深。这里的陶器以橘黄色陶为主，器壁较薄。托尔特克人还利用蚌壳制成各种装饰品，最引人注目的是一件嵌贴在陶器上的人头像，手法细致，形状颇为生动。由此可以看出托尔特克文化在中美洲古代文化中的地位。

「好词好句」
引人注目
* 托尔特克人还利用蚌壳制成各种装饰品，最引人注目的是一件嵌贴在陶器上的人头像，手法细致，形状颇为生动。

## 太阳的子孙

在库斯科城郊的山上，印加人修建了一座里外三层的圆形的巨大的太阳庙，对太阳神和月亮神的崇拜是印加人的宗教特色。在印第安语中“印加”就是“太阳的子孙”的意思。他们认为自己的祖先起源于太阳，国王是太阳之子。

尽管印加人对太阳和月亮心存崇拜，但在生产和生活实践中，他们却是以朴素的、原始的科学方法去观察自然现象。库斯科城中央筑有天文观测台，用来观察太阳的位置以确定农业节气。印加人使用太阳历，12 个月为一年，每月 30 天，全年 360 天。印加人在医药知识方面成就也很突出，印加人把一种烟草给人闻可治鼻病，用水草汁可治眼病，用一种树脂治外伤，这些药物都具有科学效力。

古老的印加帝国流传下来一部美丽动人的诗剧——《奥扬泰》。它根据民间传说和神话歌颂民族英雄奥扬泰。奥扬泰和公主姑茜·柯依约相爱，公主已经怀孕。印加王却拒绝这门婚事，奥扬泰被逐出库斯科，女儿被关进地牢。奥扬泰悲愤至极，领导人民起义，另立王朝。后来，他中计被俘，送到库斯科太阳庙作牺牲品，他认出庙中女祭司伊玛·苏玛克就是自己的女儿。伊玛·苏玛克向新国王求情，新国王宽恕了她的父母，并促成了这门亲事，一家团聚，国家统一。整个作品语言优美，显示出高度的语言表达能力。

「名师点拨」

虽然印加人是崇拜太阳和月亮的民族，但在生活中他们却不盲目迷信，而是脚踏实地地观察自然。因此，印加人在天文、医药等领域都取得了成就。

「专家解疑」

宽恕：宽容饶恕。

## 名家品评

自人类诞生以来，世界各国人民就在不断地创造着灿烂的文明，虽然处在距离现代很遥远的时期，可是古代先民却在天文学、数学、农业、艺术及文字等方面都取得了极高成就。这些从本章讲到的古希腊文明、玛雅文明、托尔特克人的文明、印加人的文明中就可以看出。这些灿烂的文明拥有隽永的魅力，令我们每一个人为之骄傲。

## 阅读思考

1. 文艺复兴的思想武器是什么？
2. 希腊哲学三圣的主张分别是什么？
3. 太阳的子孙都创造了哪些文明？

# 第八章 古老王国

历史上曾出现过许多古老的王国，有的曾在历史上留下了浓墨重彩的一笔，有的可能我们不是很了解，本章将带领读者探秘那些古老王国。斯巴达人从一出生起就要经历哪些考验？什么人建立了古巴比伦王国？阿兹特克人信奉的神都有什么？这些问题的答案本章会一一为读者揭晓。

## 尚武好斗的斯巴达人

在古希腊所有的城邦中，斯巴达人的尚武凶猛是出了名的。由于斯巴达国家是在征服周边地区的过程中建立起来的，斯巴达人必须维持对希洛人的压迫与剥削，镇压希洛人的反抗，因此，在斯巴达人内部，实行严格的军事训练，整个斯巴达城如同一座军营。

「名师点拨」文章开头开门见山地向我们介绍了斯巴达人非常尚武凶猛，引发读者思考，吸引读者继续阅读。

斯巴达人从小就接受一种尚武好斗的教育。在斯巴达人看来，他们的每个后代都必须成为勇猛、顽强的战士。因此，每个孩子出生后，都必须被抱到指定的地方去接受身体检查。婴儿强健合

「专家解疑」
畸形：①生物体某部分发育不正常。②泛指事物发展不正常，偏于某一方面。

格，才准许父母养育，如果婴儿畸形或先天不足，则将被抛弃到山谷冷坳；而且要由母亲用烈性酒给婴儿洗身，如果婴儿经受不住而出现昏厥，则任其死去。

斯巴达儿童从小就培养出沉着和大胆的品质，养成不爱哭、不挑食、不怕黑暗、不怕孤独等习惯。男孩年满七岁便要离开家庭，开始过集体生活，并接受严格的体育和军事方面的训练，如跑步、掷铁饼、拳击、击剑和搏斗等。当他们年满20岁时，就正式参加军队，一直到60岁以后才退伍。斯巴达的女孩虽然仍然住在家庭里，但她们不像其他希腊城邦的女孩那样，成天学习纺织和其他家务劳动，而要进行体格锻炼，例如，学习竞走、掷铁饼、搏斗等。斯巴达人认为，这些未来的母亲必须身体强健，将来生下的孩子才会强健，斯巴达才会有强壮的战士。斯巴达妇女的勇敢和坚强在古希腊也是很有名的。据说有个母亲交给她即将出征的儿子一个盾牌，叮嘱他说：“拿住它！否则就躺在上面！”意思是要儿子拿着盾牌胜利归来，或者英勇地战死，让别人用盾牌把尸体抬回来。

「名师点拨」
从此处我们可以看出斯巴达人的性格确实是非常坚毅、强悍的，即便是在人们印象中最慈祥的母亲也和其他地区的不同，她在儿子出征时告诫孩子要么胜利，要么战死。

斯巴达人不仅从体力、胆量、纪律、性格等方面培养合格的战士，而且从思想上向孩子们进行热爱国家、忠于国家和憎恨奴隶的教育。长辈们常常向孩子们讲述斯巴达英雄人物的故事，也常常问孩子“谁是斯巴达最好的公民”之类的问题，让孩子从小就有崇拜、模仿和学习的对象。斯巴达人还常常当着孩子们的面，任意侮辱和鞭打希洛人，以此灌输给孩子们一种观念：斯巴达人是地位优越的主人，希洛人是天生被统治的奴隶。

由此可见，斯巴达人尚武好斗的民族品格，正是在这些思想观念的长期熏陶下形成的。

「专家解疑」
熏陶：长期接触的人或事物对人的生活习惯、思想行为、品行学问等逐渐产生某种影响(多指好的)。

## 古巴比伦王国

公元前 19 世纪初期，闪语民族的一个支系阿摩利特人，以两河流域的中心城市巴比伦为都城，建立了古巴比伦王国，巴比伦意为“神之门户”。

当汉谟拉比继承第六代国王王位时，巴比伦还是个小邦，还向亚述称臣。汉谟拉比机灵善变，他的基本策略是团结邻邦，集中全力打击一个主要敌人。经过 38 年的战争，汉谟拉比建立起较巩固的中央集权国家。

「名人介绍」
汉谟拉比：巴比伦王国的第六任国王。在一连串战争中，他击败邻国，将巴比伦的统治区域扩展至整个两河流域（美索不达米亚），从而成为巴比伦尼亚帝国的第一任国王。

国家的军政权力、立法权和司法审判权都集中在国王手里，有一个庞大的官僚机构协助他进行统治。国家有一支常备军，必要时还征召村社农民组成军队。巴比伦的庇护神马都克被尊为全国的主神。

《汉谟拉比法典》的制定消除了原来各城邦的立法，把全国法令统一起来。

古巴比伦王国时灌溉系统进一步发展，耕犁有所改进。青铜工具普遍使用，手工业生产提高，制砖、缝纫、宝石匠、冶金、刻印工、皮革工、木匠、造船工、建筑工都已出现。国内外的商业贸易也有了发展。巴比伦时期农村社会分化已很激烈，土地已经可以买卖、抵押、转让和继承，国王拥有巨大的王室财富，还垄断着国内外的大宗贸易。

公元前 16 世纪中叶，古巴比伦被赫梯人所灭。

「专家解疑」
垄断：原指站在市集的高地上操纵贸易，后泛指把持和独占。
奴隶主：占有奴隶和生产资料的人，是奴隶社会里的统治阶级。

## 亚述人建立大帝国

亚述人是闪族语系人种的一支，公元前 3000 年左右在底格里斯河河畔定居下来，建立了一个以亚述城为中心的小国。

亚述城邦的最高管理机关为长老会议，每年推举一个值年官，称为“里模”，管理财政、商业和高利贷活动，国家的另一高级公职“伊沙库”则管理土地、司法和行政，有权召集长老会议。

「名人介绍」
提格拉·特帕拉沙尔三世是亚述国王，公元前 745 ~ 前 727 年在位，他无疑是世界军事史上划时代的人物，他进行的军事改革是世界上有记载的最早的大规模、系统化的军事改革。他的改革加强了亚述的国家实力，也加快了征服步伐，使西亚、北非诸文明第一次紧密地联结在一起。

公元前 9 世纪至公元前 8 世纪，亚述历史进入一个新的时期。这时铁器已经逐步取代青铜器。随着生产力的发展，奴隶主阶级对劳动力的需求也日益扩大，这就成为亚述统治者对外实行军事扩张的动力。公元前 745 ~ 前 727 年，提格拉·特帕拉沙尔三世进行了军事改革，建立完全由王室供应的常备军。这支强大的军队是亚述统治者对外扩张最有效的工具。

同时，周边强国有的已衰落或灭亡，有的无力制止其侵略，因此亚述统治者利用这一形势，实行对外扩张。公元前 743 年，发动对乌拉尔图的战争，之后又攻陷大马士革，推罗、毕布勒等城被迫向亚述纳贡。公元前 729 年，亚述吞并巴比伦；公元前 722 ~ 前 705 年击溃乌拉尔图，占有小亚细亚东部地区；公元前 671年取得对埃及的统治。至此，古代西亚和北非文明发达的地区，都已囊括在其四境之内。

约公元前639年，亚述毁灭依蓝，终于形成一个庞大的军事帝国。

## 西罗马帝国的灭亡

罗马帝国历经200年的“和平时期”后，国力开始衰落。帝国的大规模的扩张活动开始停止，这导致俘虏减少，奴隶来源不足，奴隶的负担加重，奴隶们不堪忍受重负，不断地起来反抗。

罗马帝国的社会矛盾日益尖锐，带兵的为了增加军饷，纵容军队去抢劫；当官的争权夺利，贪污成风；奴隶主穷奢极欲，过着荒淫无度的生活。

「专家解疑」
穷奢极欲：极端奢侈，极度享乐。也说穷奢极侈。

帝国的统治者们只知争权夺利，互相残杀，公元235年以后的50年中，竟换了10个皇帝。直到公元284年戴克里先当皇帝，这种混乱的局面才稳定了一些。公元395年，罗马帝国狄奥多西皇帝去世。他留下遗嘱，把帝国版图划分为东西两部，让他的两个儿子分别统治东西两个帝国。东罗马帝国拥有从黑海到亚得里亚海之间的广大地区，这个国家后来又叫作拜占庭帝国，它一直存在到公元1453年。

「名人介绍」
狄奥多西即狄奥多西一世(约346～395)，是罗马帝国皇帝，379～395年在位，392年统治整个罗马帝国。他是最后一位统治统一的罗马帝国的君主。

西罗马帝国的领土比东罗马帝国要大一些，包括现在的意大利、法国、西班牙、比利时、英国的大不列颠、奥地利、匈牙利、南斯拉夫的西北、地中海的整个西部，以及阿尔及利亚、摩洛哥、突尼斯、利比亚的北部，首都仍设在罗马。

公元408年，日耳曼人的一支——哥特人在他们的首领阿拉列的率领下，侵入意大利北部，杀进了罗马城，他们把罗马城洗劫一空，放火烧毁罗马皇帝的宫殿，曾经不可一世的西罗马帝国灭亡了。

「专家解疑」
不可一世：自以为在当代没有一个人能比得上，形容极其狂妄自大。
跋山涉水：翻越山岭，蹚水过河，形容旅途艰苦。
酋（qiú）长：部落的首领。

## 信奉太阳神的民族

根据传说，大约在12世纪初，阿兹特克人得到他们崇拜的太阳神的启示，离开海岛向南迁移，走到一只鹰站在仙人掌上啄食一条长蛇的地方定居。阿兹特克人跋山涉水，向南前进。1248年，他们到达诺奇蒂特兰城（即墨西哥城的前身）发现了这一情景，就定居在这里。墨西哥人就根据这个传说，把鹰作为他们民族的象征。鹰吃蛇的图案成为今天墨西哥的国徽。

阿兹特克人的社会结构是这样的：一个家族组成一个氏族，各族有一个族长，20个氏族合为四个胞族，组成一个部落。管理部落的有两个酋长，一个领导全部活动，一个掌握部落内部事务和宗教仪式。

阿兹特克人信奉的神很多。他们把部族神威齐罗波彻里奉为“太阳神”和“战神”，此外还崇拜自然、云神、酒神和为数众多的农业神，如玉米神、土地神和生殖神，掌管雨、雷、电的山神等。

阿兹特克人祭祀太阳神不用动物，而是用人的鲜血。他们认为，众神只有用血这种生命之液的充分供应才能永葆青春和活力，如果得不到血，他们就无力完成保护人民的责任。

为了祭神，阿兹特克有人数众多、等级森严的祭司，有专门培养祭司的学校，在校学生全是贵族和祭司的子弟。

「好词好句」
森严
*他们认为，众神只有用血这种生命之液的充分供应才能永葆青春和活力，如果得不到血，他们就无力完成保护人民的责任。

# 海盗时代

公元 793 年 6 月 8 日，英格兰东北部的林第斯法恩寺院遭到了来自斯堪的纳维亚半岛的北欧海盗的袭击，从此北欧的海盗时代开始了。

自称海盗的斯堪的纳维亚人，身高体大，剽悍强壮。由于斯堪的纳维亚半岛上人口剧增，落后的农业生产力已不能满足人口日益增长的需要。精于造船，有丰富的航海经验的斯堪的纳维亚人，便向半岛以外的世界寻求新的生路。于是，部落酋长聚众出海，在海上为所欲为。海盗驰骋北欧及其东、西两翼的广大区域，但其主要矛头对准东方，曾远达拜占庭、波斯和塔什干。他们从事武装贸易，也进行海上掠夺，被历史学家称为武士兼商人。

瑞典海盗向东方扩张的活动一直延续到 13 世纪，并于 1284 年将芬兰变为瑞典的一个公国。海盗们从俄罗斯掠得巨大财富，也带回了南方的文明。瑞典海盗在国内开始进行大规模的建设，他们还控制了通往东方的主要贸易路线，成为东西方之间贸易的桥梁。

1028 年，丹麦国王克努特创建了“北海大帝国”，其疆域包括丹麦、挪威、瑞典南部、英格兰和苏格兰大部，成为丹麦和北欧海盗时代的鼎盛时期。

「专家解疑」

为所欲为：想干什么就干什么；任意行事（含贬义）。

「好词好句」

矛头

鼎盛

*瑞典海盗在国内开始进行大规模的建设，他们还控制了通往东方的主要贸易路线，成为东西方之间贸易的桥梁。

## ■名家品评

古老的王国充满着神秘，本章将一些古老的王国展现在了我们面前，我们了解到了斯巴达国内如同军营一般的斯巴达城，由一个小邦发展成一个巩固的中央集权国家的古巴比伦王国，大规模扩张、不可一世的罗马帝国等。通过阅读本章，我们可以了解到不同王国的兴衰荣辱的发展历程。

## 阅读思考

1. 斯巴达人尚武好斗的民族品格是如何形成的？
2. 亚述人建立的帝国都扩张到了哪些地区？
3. 罗马帝国灭亡的原因是什么？

# 第九章
# 名人逸事

古今中外历史上，群星璀璨，在各行各业涌现出了数不胜数的名人，我们通常了解到的都是他们在某方面取得了那些惊人的成绩，却往往对他们生活中的事知之甚少。本章将带领广大读者了解名人们的逸事。郑和最初下西洋的目的是什么？米开朗琪罗是一个什么性格的人？

## 三保太监下西洋

明成祖用武力从他侄儿手里夺得了皇位，有一件事总使他心里不大踏实。皇宫大火扑灭之后，并没有找到建文帝的尸体。那么建文帝到底是不是真的死了？京城里传说纷纷，有人说建文帝并没有自杀，趁宫里起火混乱的时候，带着几个侍从太监从地道里逃出城外去了。别的地方传来的消息更离奇，说建文帝到了什么什么地方，后来还做了和尚，说得有鼻子有眼睛，使明成祖不得不怀疑。他想，如果建文帝真的没死，万一他在别的地方重新召集人马，用朝廷的名义讨伐他，岂不可怕？为了把这件事查个

「名人介绍」
明成祖(1360～1424)，明朝第三位皇帝，姓朱名棣，汉族，1402～1424年在位，年号永乐，故后人称其为永乐帝、永乐大帝、永乐皇帝等。

「专家解疑」
水落石出：水落下去，石头就露出来，比喻真相大白。

水落石出，他派了心腹大臣到各地去秘密查访建文帝的下落，但是又不好公开宣布，就借口说是求神仙。这一找，就找了二三十年。

明成祖又想，建文帝会不会跑到海外去呢？那时候，我国的航海事业已经开始发展起来。明成祖心想，派人到海外去宣扬国威，跟外国人做点生意，采购一些珠宝，顺便探听一下建文帝的下落，岂不是一举两得？

这样，他就决定派一支队伍出使国外。让谁来带这支队伍呢？当然非得是自己的心腹不可。他想到跟随他多年的宦官郑和，倒是个挺合适的人选。

郑和小时候就从父亲那里听说过外国的一些情况。后来，他进燕王府里当了太监，因为他聪明能干，很快得到明成祖的信任。这“郑和”的名字还是明成祖给他起的。但是民间叫惯了他的小名，所以一直把他叫作“三保太监”，后来，有的书上也写成“三

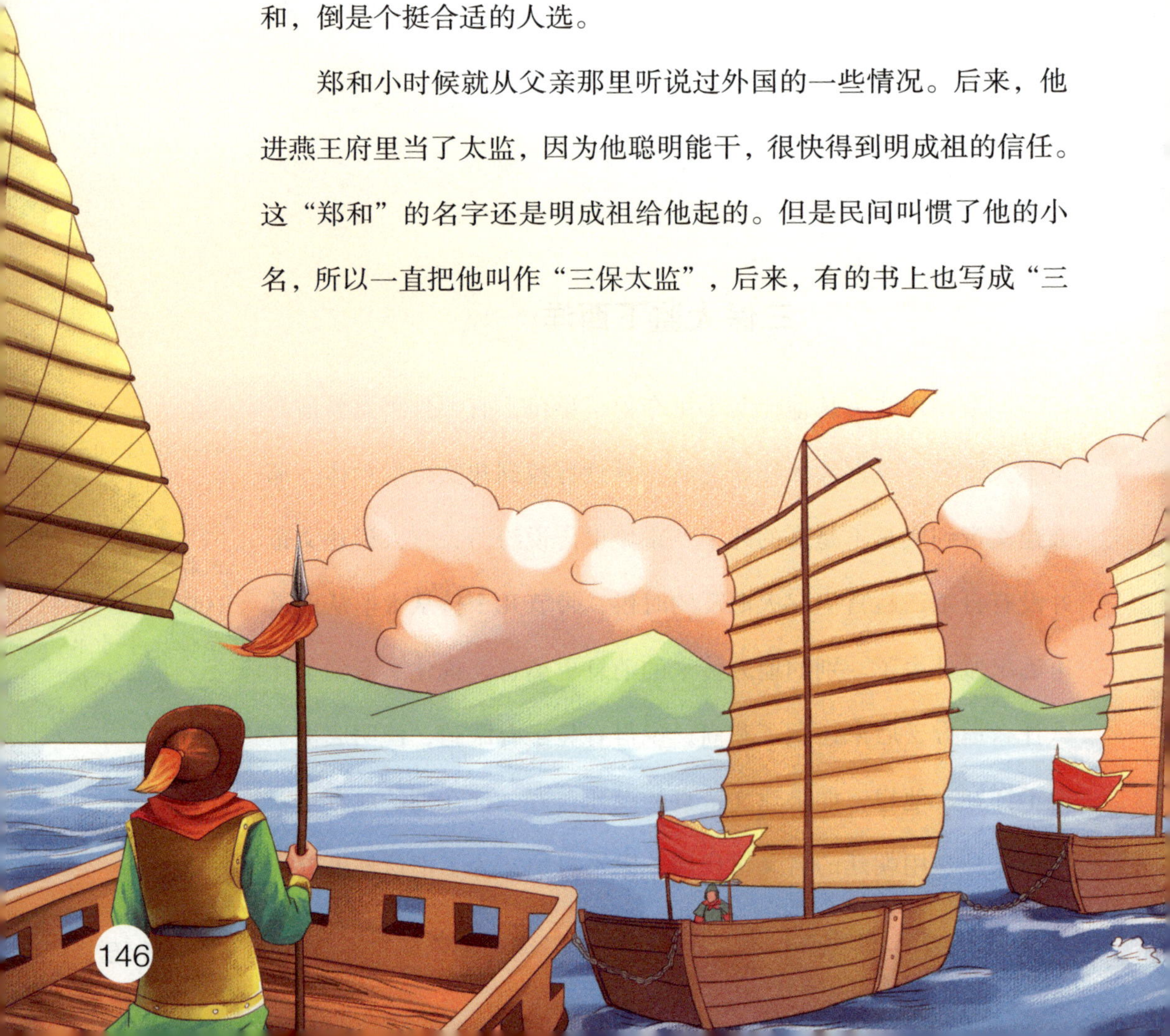

宝太监”。

1405 年 6 月，明成祖正式派郑和为使者，带一支船队出使“西洋”。那时候，人们叫的“西洋”并不是指欧洲大陆，而是指我国南海以西的海和沿海各地。郑和带的船队，一共有两万七千八百多人，除了兵士和水手外，还有技术人员、翻译、医生等。他们乘坐六十二艘大船，这种船长四十四丈，宽十八丈，在当时是少见的。船队从苏州刘家河（今江苏太仓浏河）出发，经过福建沿海，浩浩荡荡，扬帆南下。

郑和第一次出海，先到了占城（今越南南方），接着又到爪哇、旧港（今印度尼西亚苏门答腊岛东南岸）、苏门答腊、古里、锡兰等国家。他带着大批金银财物，每到一个国家，先把明成祖的信递交国王，并且把带去的礼物送给他们，希望同他们友好交往。许多国家见郑和带了那么大的船队，态度友好，并不是来威吓他

「名师点拨」
郑和每到一个国家都态度友好，并且给他们送上了许多礼物，付出了自然会有回报，因此当地人也都热情地接待了郑和。

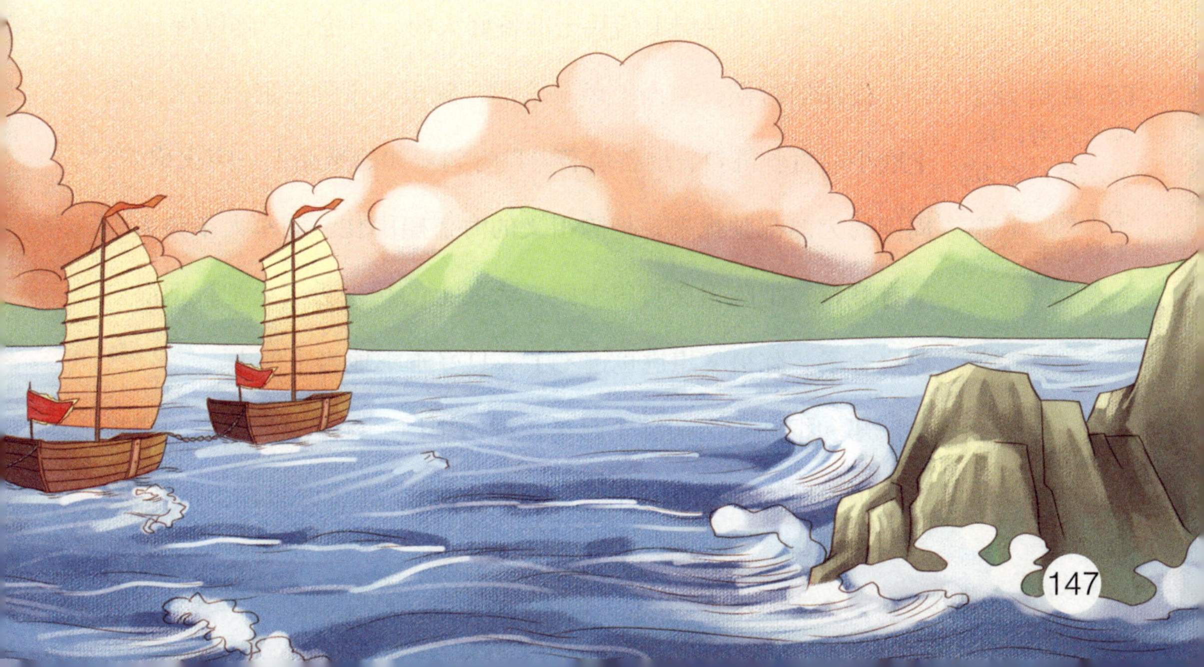

们的，都热情地接待了他。

郑和这一次出使，一直到第三年九月才回国。西洋各国国王趁郑和回国，也都派了使者带着礼物跟着他一起回访。在出使的路上，虽然遇到几次惊涛骇浪，但是船上有的是经验丰富的老水手，船队从没出过事。只是在船队回国，经过旧港的时候，遇到了一件麻烦事。

旧港地方有个海盗头目，名叫陈祖义。他占据了一个海岛，纠集了一支海盗队伍，专门抢劫过往客商的财物。这回听到郑和船队带着大批宝物经过，分外眼红，就和同伙计议，表面上准备迎接，实际上想趁郑和不防备，就动手抢劫。

「名人介绍」施进卿（？～1423），广东人，鲁国施父后裔，于明朝初期时成为东南亚爪哇旧港统治者。

这个计谋被当地人施进卿得知，他偷偷地派人到船队告诉了郑和。

郑和心想，我手下有两万兵士，还怕你小小海盗？既然你要来偷袭，就非得给你点教训不可。他命令把大船散开，在旧港港口停泊下来，命令船上的兵士准备好火药、刀枪，严阵以待。

「专家解疑」风平浪静：没有风浪，水面很平静，形容平静无事。

夜深的时候，海面上风平浪静，陈祖义带领一群海盗乘着几十艘小船直驶港口，准备偷袭。只听到郑和的坐船上一声火炮响，周围的大船都驶拢来，把陈祖义的海盗船围住。明军人多势大，早有准备，把陈祖义打得大败。大船上的兵士丢下火把，把海盗船烧着了。陈祖义想逃也逃不了，只好乖乖地当了俘虏。

郑和把陈祖义捆绑了起来，押回中国。到了京城，向明成祖献上了俘虏。各国的使者也拜见了明成祖，送上大批珍贵的礼物。

明成祖见郑和把出使的任务完成得很出色，高兴得眉开眼笑。

后来，明成祖相信建文帝确实是死了，没有必要再去寻找。但是出使海外的事，既能提高国家的威望，又能促进跟西洋各国的贸易往来，好处很多。所以打那以后，一次又一次派郑和带领船队下西洋。从1405年到1433年将近三十年里，郑和出海七次，前前后后一共到过印度洋沿海三十多个国家，最远到达过非洲的木骨都束国（今索马里的摩加迪沙一带）。

「名师点拨」虽然起初郑和下西洋是为了寻找建文帝，但是此举却促进了中国与西洋各国的经济、文化交流，为中国带来了诸多好处。

郑和的七次航行，表现了我国古代人民顽强的探索精神，也说明当时我国航海技术已经有很高的水平。郑和的出使，促进了我国和亚非许多国家的经济文化交流和友好往来。直到现在，那些国家里还流传着三保太监的事迹。

「好词好句」眉开眼笑
*郑和的七次航行，表现了我国古代人民顽强的探索精神，也说明当时我国航海技术已经有很高的水平。

## 马可·波罗周游中国

古代的时候，从欧洲到亚洲是一个漫长而艰险的旅程。但是神秘的东方国度，对那些欧洲的商人、探险家有着难以抵挡的诱惑。早在西汉时，就有“丝绸之路”将这两个洲联系了起来。到了中世纪，商业贸易衰落了，欧洲几乎和中国隔绝。直到元世祖忽必烈建立了元朝这个地跨欧亚的疆域宽广的帝国后，从欧洲到中国的路途才重新打开。于是又有一些勇敢的旅行家踏上了这条世界上最长、最艰险的到达中国的路。他们当中有教士、商人和工匠，最著名的就是马可·波罗。

「好词好句」漫长
诱惑
*但是神秘的东方国度，对那些欧洲的商人、探险家有着难以抵挡的诱惑。

马可·波罗出身于意大利威尼斯的一个商人家庭里，在他很

小的时候，他的父亲和叔叔就到东方经商去了。他们兄弟二人一直到达了元朝的都城大都（今北京），还朝见了元世祖忽必烈，并且带回了忽必烈给罗马教皇的信。

父亲和叔叔回到家后，小马可·波罗天天缠着他们给自己讲那些东方旅行的见闻。这些故事引起了小马可·波罗的兴趣，他下定决心要跟着父亲和叔叔到中国去。

在家乡度过了两年的时光，当新的教皇被选举出来以后，马可·波罗的父亲和叔叔带着新教皇派出的传教士和十七岁的马可·波罗一起向东方出发了。他们从威尼斯出发，进入地中海，然后横渡黑海，经过两河流域来到古城巴格达。在这里，他们遇到了强盗，被抓了起来。后来，他们终于逃了出来，可是同行的旅伴却不知去向。

*马可·波罗和父亲及叔叔一路上跋山涉水，克服了疾病、饥渴的困扰，终于到达了中国。*一到这里，马可·波罗的眼睛便被吸引住了，美丽繁华的喀什、盛产美玉的和田，还有处处花香扑鼻的果园。马可·波罗他们继续向东，穿过塔克拉玛干沙漠，来到古城敦煌，瞻仰了举世闻名的佛像雕刻和壁画。接着，他们经玉门关见到了万里长城。最后穿过河西走廊，终于到达了上都——元朝的北部都城。这时，距离他们离开祖国已经有四个年头了！

马可·波罗的父亲和叔叔向忽必烈呈上了教皇的信件和礼物，还向忽必烈介绍了马可·波罗。忽必烈十分欣赏年轻聪明

「名师点拨」
漫漫游历路会遇到很多想不到的艰难困苦，但是因为有强烈的好奇心和求知欲，马可·波罗还是决心踏上征途。

「智慧引路」
神秘的东方国度令马可·波罗向往，从此，到达中国就成了他的一个梦想，尽管在实现这个梦想的路上困难重重，但他还是坚持了下来，最终抵达中国。我们每个人都有梦想，想要实现梦想肯定会遇到阻碍，只有坚持不懈的人才能最终实现梦想。

的马可·波罗，还特意请他们讲述了沿途的见闻，并携他们同返大都。

马可·波罗很聪明，很快就学会了蒙古语和汉语。他借奉忽必烈之命巡视各地的机会，走遍了中国的大江南北。他的足迹遍布新疆、甘肃、内蒙古、山西、陕西、四川、云南、山东、江苏、浙江、福建以及北京等地。其间，他还在扬州做过三年的官。回到大都后，马可·波罗又详细地向忽必烈进行了汇报。元世祖听后，大大赞赏了马可·波罗。以后，凡是有重要的任务，元世祖总是派马可·波罗去办理。

「名师点拨」
游历中国是马可·波罗的梦想，现在终于到达中国，他借巡视的机会，走遍了中国的大江南北，丰富了自己的见闻，因此才能有后文提到的《马可·波罗游记》。

马可·波罗在中国度过了十七年，思念家乡的情绪越来越浓。1292年，马可·波罗和父亲、叔叔受忽必烈的委托，护送一位蒙古公主到波斯成婚。他们就趁机向忽必烈提出回国的请求，忽必烈答应了他们。于是他们就乘船经过印度洋，把公主送到了波斯，又经过三年的跋涉，才回到了威尼斯。

「专家解疑」
跋涉：爬山蹚水，形容旅途艰苦。

马可·波罗一行从中国回来的消息迅速传遍了整个威尼斯。他们的见闻引起了大家的极大兴趣。

1298年，马可·波罗参加了威尼斯与热那亚的战争，不幸被俘。在狱中他遇到了作家鲁思梯谦，于是便有了马可·波罗口述、鲁思梯谦记录的《马可·波罗游记》。这本书在欧洲广泛流传，激起了欧洲人对中国文明与财富的倾慕，最终引发了新航路和新大陆的发现。

## 青年伽利略的雄心

“听我说，父亲，”伽利略说道，“我想问你一件事，是什么促成了你同母亲的婚事？”

“我看上她了。”

“那你有没有娶过别的女人？”

“没有的事，孩子，老天在上，家里的人要我讨一位富有的太太，可我只对阿玛纳蒂姑娘钟情，我追求她就像一个梦游者，要知道你母亲从前是一位姿艳动人的姑娘……”

「名师点拨」伽利略为了劝说父亲供他上学，先让他的父亲表达了对自己母亲的爱慕之情，然后他告诉父亲，他对科学的爱就如同对心爱女子的爱，从中我们不难看出，伽利略是多么热爱科学。

“这倒确实，现在也还看得出来。你不曾娶过别的女人，因为你爱的是她。你知道，我现在也面临同样的处境。除了科学以外，我不可能选择别的职业，因为我喜爱的正是科学。别的对我毫无用处！难道我要去追求财富，追求荣誉？科学是我唯一的需要，我对它的爱有如对一位美貌女子的倾慕。”

“像倾慕女子那样！怎么能这样说呢？”

「名师点拨」伽利略已经到了适婚年龄，他的同伴们都开始考虑婚姻大事了，只有伽利略对此毫无兴趣，他只爱科学。

“一点儿不错，亲爱的父亲。我已经十八岁了。别的学生，哪怕是最穷的学生，都已经想到自己的婚事，我可从来没有想到那上面去。我不曾与人相爱，我想今后也不会。别的人都能寻求一位标致的毕安卡，或是一位俊俏的卢斯娅，而我只同科学为伴。当人们提及这方面的事情，我感到羞臊。”

“我亲爱的父亲，你有才干，但没有力量，而我却能兼而有之！

为什么不能设法达到自己的愿望呢？我会成为一个杰出的学者，获得教授身份。我能够以此为生，而且比别人生活得更好。”

“我没有钱供你上学。”

“父亲你听我说！很多穷学生都领取奖学金。这钱是公爵宫廷给的。我为什么不能去领一份奖学金呢？你在佛罗伦萨有那么多朋友，他们对你不错，会尽力帮助你。也许你能到宫廷去把事办妥。他们只需要去问一问公爵的老师奥斯蒂罗·利希，他了解我，知道我的能力……”

“嗯，你说得有理。是个好主意。”

伽利略一把抓住父亲的手，猛力摇动：

“我求求你，父亲，求你想方设法，尽力而为。我向你表示感激之情的唯一方式，就是……就是保证成为一个伟大的科学家……”

「名师点拨」伽利略爱好科学，这种喜好非常强烈，他希望父亲帮助自己，以便能去学习，他承诺回报父亲的方式是成为一个伟大的科学家。由此可以看出伽利略志向高远，对自己信心十足。

## 居里夫人的自白

生活对于任何一个男女都非易事，我们必须要有坚忍不拔的精神；最要紧的，还是我们自己要有信心。我们要相信，我们对一件事情是有天赋的，并且，无论付出任何代价，都要把这件事情完成。当事情结束的时候，你要能够问心无愧地说：“我已经尽我所能了。”

有一年的春天里，我因病被迫在家里休息数周，我注视着我

「好词好句」问心无愧

*生活对于任何一个男女都非易事，我们必须要有坚忍不拔的精神；最要紧的，还是我们自己要有信心。

「智慧引路」
居里夫人认为自己和辛勤吐丝结茧的蚕很相似，都是为了一个目标不断地辛勤工作。其实我们每个人都应该学习这种精神，当确立了一个目标后，就要心无旁骛地向着目标不断努力。

的女儿们所养的蚕，结着茧子。*这使我极感兴趣，望着这些蚕固执地、勤奋地工作着，我感到我和它们非常相似，像它们一样，我总是耐心地集中精神在一个目标上。*我之所以如此，或许是因为某种力量在鞭策着我——正如蚕被鞭策着去结它的茧子一般。

在近 50 年来，我致力于科学的研究，而研究基本上是对真理的探讨。我有许多美好快乐的回忆。少女时期，我在巴黎大学，孤独地过着求学的岁月。在那整个时期中，我丈夫和我专心致志地，像在

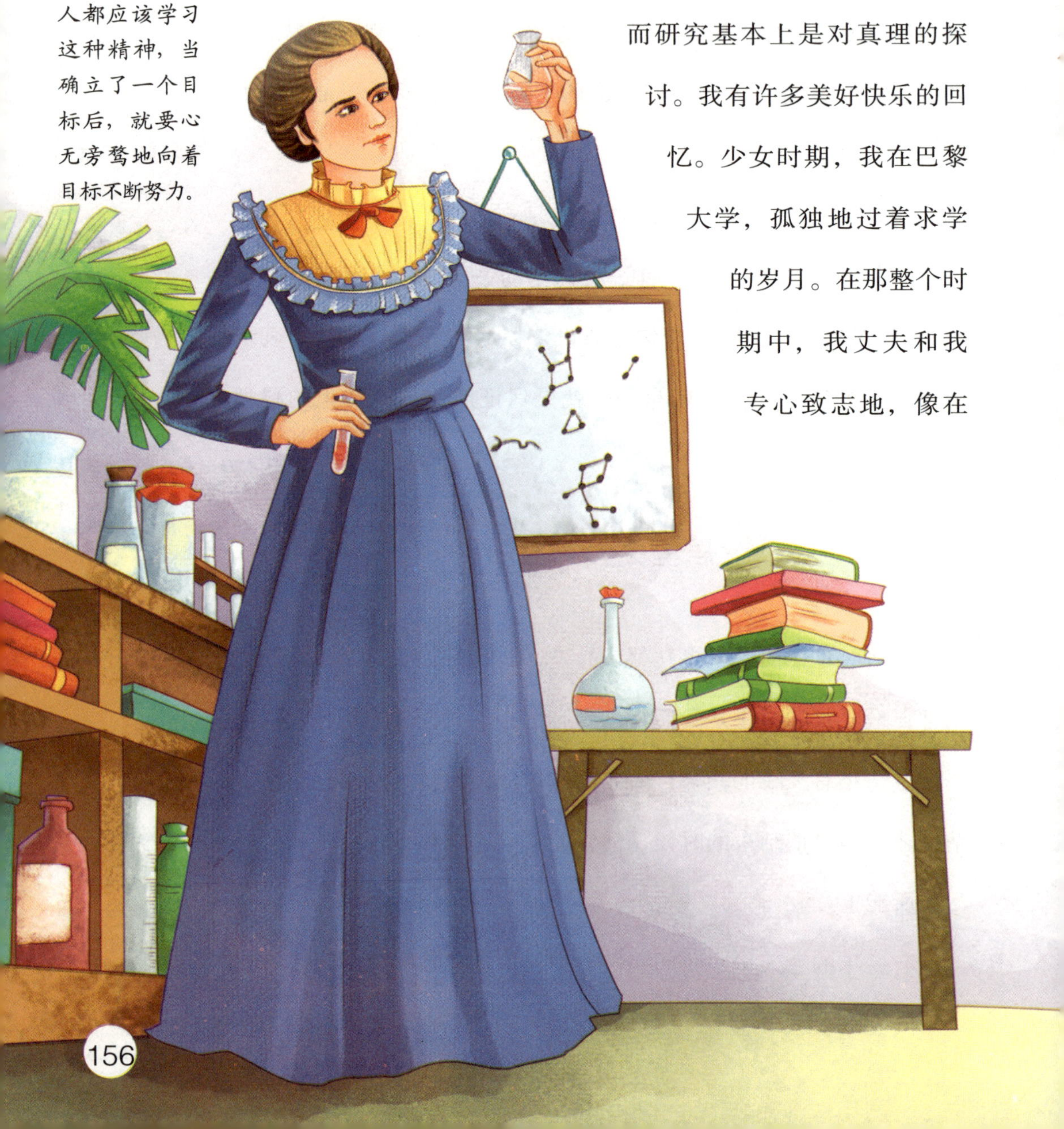

梦幻之中一般，艰辛地在简陋的书房里研究，后来我就在那儿发现了镭。

我在生活中，永远是追求安静的工作和简单的家庭生活的。为了实现这个理想，所以后来我要竭力保持宁静的环境，以免受人事的侵扰和盛名的渲染。

我深信在科学方面，我们是有对事而不是对人的兴趣。当皮埃尔·居里和我决定应否在我们的发现上取得经济上的利益时，我们都认为这是违反我们的纯粹研究观念。因而我们没有申请镭的专利，也就抛弃了一笔财富。我坚信我们是对的。诚然，人类需要寻求现实的人，他们在工作中，获得最大的报酬。但是，人类也需要梦想家——他们对于一件忘我的事业的进展，受了强烈的吸引，使他们没有闲暇，也无热诚去谋求物质上的利益。我的唯一奢望，是在一个自由国家中，以一个自由学者的身份从事研究工作，我从没有视这种权益为理所当然的，因为在24岁以前，我一直居住在被占领和蹂躏的波兰。我估量过法国自由的代价。

我并非生来就是一个性情温和的人。我很早就知道，许多像我一样敏感的人，甚至受了一言半语的呵责，便会过分懊恼，他们尽量隐藏自己的敏感。从我丈夫的温和沉静的性格中，我获益匪浅。当他猝然长逝以后，我便学会了逆来顺受。我年纪渐大了，愈会欣赏生活中的种种琐事，如栽花、植树、建筑，对诵诗和眺望星辰，也有一点儿兴趣。

「好词好句」

梦幻

报酬

*为了实现这个理想，所以后来我要竭力保持宁静的环境，以免受人事的侵扰和盛名的渲染。

「专家解疑」

蹂（róu）躏（lìn）：践踏，比喻用暴力欺压、侮辱、侵害。

逆来顺受：对别人的欺负或无理的待遇采取忍受的态度。

我一直沉醉于世界的优美之中，我所热爱的科学，也不断增加它崭新的远景。我认定科学本身就具有伟大的美。一位从事研究工作的科学家，不仅是一个技术人员，并且是一个小孩，在大自然的景色中，好像迷醉于神话故事一般。科学的这种魅力，就是使我终生能够在实验室里埋头工作的主要因素了。

## 米开朗琪罗的性格

米开朗琪罗年轻时，酷爱学习使他陷入了绝对的孤独之中。在旁人眼里，他孤芳自赏，生性乖僻，疯疯癫癫。不论何时，社交活动总使他感到腻烦。他没有朋友，只和几位严肃的人士来往。他生平只爱过一个女人——著名的德·贝斯凯尔侯爵夫人维多利阿·柯罗娜，但那也无非是种柏拉图式的恋爱。

「专家解疑」
孤芳自赏：自命清高，自我欣赏。

确实，他自己就善于把人的形象理想化，而无须借用别人的理想。能证实这一点的是：这个人虽然很少做过仅仅是赏心悦目的美术作品，可是不论在什么地方见到了这种美，他会对之倾注满腔的热情。一头美丽的山羊，一片美丽的风景，一座美丽的山，一片美丽的树林，一条好看的狗，都可以引得他出神入迷。就像以前人们诽谤苏格拉底的爱情一样，人们对他爱美的天性也散布了不少流言蜚语。

「好词好句」
赏心悦目
＊就像以前人们诽谤苏格拉底的爱情一样，人们对他爱美的天性也散布了不少流言蜚语。

他慷慨大度，分赠掉了大量自己的作品。他说过：“不管我多么有钱，我的生活始终过得如同贫人一样。”他从来不想那一

切构成一个庸人生活含义的东西。他吝惜的唯有他的精力。

在进行重大的创作期间，他常常和衣而睡，免得花去披衣束带的时间。他睡眠很少，而且经常半夜起床，抓起雕刀或铅笔记下他的构思。每逢那种时日，他的一日三餐仅是几片面包而已。清晨他把面包揣在怀里，然后在梯子上一边工作，一边啃面包充饥。只要有一个旁人在场，就能完全扰乱他的情绪。他必须有一种与世隔绝之感，方能得心应手地工作。为身边琐事而忙碌，对于他来说简直是种折磨。尽管在认为值得耗费精力的大事上，他果断而有魄力；可是在小事上，他却羞赧不前，例如，他从来不愿出面举行一次晚宴。

「好词好句」
羞赧
细枝末节
*尽管在生活的一切方面他是那样的温善、随和，可是在艺术上他是难以想象的多疑和苛求。

在他塑造的成千上万的人物形象之间，没有一个被他遗忘过。他说，不经预先回忆一下，他是否已经用过这个形象，他是绝对不动手勾画草图的。因此，在他笔下，从不见重复。尽管在生活的一切方面他是那样的温善、随和，可是在艺术上他是难以想象的多疑和苛求。他亲手为自己制造锯子、雕刀，不论什么细枝末节，他都不信托别人。

只要他在一件雕像中发现有错，他就放弃整个作品，转而另雕一块石头。由于他往往不能把自己的宏伟构思付诸实践，甚至在他的技艺达到炉火纯青的地步时，他所完成的雕像还是为数不多的。

「智慧引路」
米开朗琪罗的一生是不断学习、不断创作的一生，哪怕已是风烛残年，哪怕天气很差，他还是不断充电。这种活到老，学到老的精神值得我们每一个人学习。

有一次，一刹那间他失去了耐心，竟把一座几乎竣工的巨大群像打得粉碎，这是一座“哀悼基督”的雕像群。

*一天，红衣主教法尔耐兹在斗兽场附近碰见了这位已是风烛残年的老人，当时他正在雪地里行走，主教停下车子，问道：“在这样的鬼天气，这样的高龄，你还出门上哪里去？”“上学院去。”他回答说，“想再努一把力，学点东西。”*

米开朗琪罗的门徒，骑士利翁纳曾把他的肖像刻在一块纪念碑上，当他征询米开朗琪罗的意见，问他想在阴面刻上什么的时候，米开朗琪罗请他刻上一个由一条狗引路的盲人，并加上如下的题词：我将以你的道路去启示有罪之人，于是不贞洁的心灵都将皈依于你。

「好词好句」
肖像
*我将以你的道路去启示有罪之人，于是不贞洁的心灵都将皈依于你。
*阿尔伯特·爱因斯坦不是一名战士，他只是一个正直的人，他明白法西斯意味着什么……

## 爱因斯坦的草稿

1905年，阿尔伯特·爱因斯坦26岁了。他居住和工作在瑞士。

这一年里，爱因斯坦向一个科学报编辑部送交了一份薄薄的蓝色的小册子——只有36页。这就是他的论文《运动物体中产生的电动力学》，在这篇论文中他第一次阐述了他那著名的相对论的最主要的原理。

这篇论文发表过去了30年之后，爱因斯坦已是举世闻名的科学家了。1933年他就开始流亡国外，因为他在德国的故乡被法西斯控制着。这时他迁居在美国的一座小城市里。

1936年，正是在西班牙进行反法西斯战争的年代。

阿尔伯特·爱因斯坦不是一名战士，他只是一个正直的人，他明白法西斯意味着什么……

世界上许多国家的人民都想去援助西班牙的反法西斯战争。在美国，人们组织了一支部队，想尽快地开赴西班牙前线，但没有足够的经费。这时，其中的一个人说：“我们去找爱因斯坦吧，

他一定会帮助我们的。”他的战友都赞同这个意见，于是这个年轻的反法西斯战士就去见那位名闻全球的科学家。

在一间简朴的工作室里他和那位睿智的、平静的老人面对面坐着。

「专家解疑」睿（ruì）智：英明有远见。

谈话是简短的。“我们有人，但是没有钱。”

爱因斯坦沉默着，抽着烟。

“而钱就意味着飞机、炸弹、汽车、汽油和战士的衣装，而这一切又意味着：西班牙的自由。”

“好吧，”爱因斯坦说，“我把我所有的财产都给你们，但是这并不多。”他站了起来。

「名师点拨」在不清楚年轻人的真正来意之前，爱因斯坦愿意把自己的全部财产给他们来支持反法西斯战争。虽然钱不多，但他愿意都捐献出来，由此体现了爱因斯坦的正义、正直和无私。

“不，”年轻人也站了起来，“我们不想要您的钱。把您的论文给我们，就是那篇《运动物体中产生的电动力学》。”

爱因斯坦注视着年轻人，他弄不懂，那篇过去的论文对西班牙战争会有什么用处。

“把那篇论文的原始草稿给我们吧。”年轻人要求说。

爱因斯坦明白了，反法西斯战士想把这篇草稿卖钱。“好主意！”爱因斯坦说，“遗憾的是不可能，原始草稿不在这儿，它留在了德国……也许你们拿另外一篇去？”

“不，我们只要这一篇，为此我们可以得到400万美元。”年轻人回答，“400万，真的。”

爱因斯坦缄默良久，终于他说：“两天以后您再来吧。”

「名师点拨」为了帮助年轻战士，爱因斯坦需要把论文抄下来，这对于一个伟大的科学家来说，应该是枯燥至极的，然而爱因斯坦却干劲十足，这是因为自己的行动是在为反法西斯战争出力。从中可以看出爱因斯坦是一个正义、爱国、乐于奉献的人。

年轻的反法西斯战士走了以后，爱因斯坦立即坐在桌前，开始从杂志上把那篇论文抄下来。这是一件枯燥的工作，但是爱因斯坦干起来却高兴得像个孩子。他时常叫道：“又是一颗炸弹。”或者：“这简直是一整架飞机！”

两天以后，反法西斯战士得到了爱因斯坦的草稿。很快就传来了他们在西班牙反法西斯战场上战斗的消息。

## 贝多芬的吻

1985 年 9 月，我在西德萨尔布吕肯市给一批年轻的钢琴家上主课时发现，如果我在某个学生的背上轻轻拍一下，他就会表现得更为出色。我便在全班学生面前对他杰出的演奏予以赞扬，使他自己以及全班学生大为惊奇的是，他马上超越了自己的原有水平。

「智慧引路」父亲为一件小事表扬了儿子，他当时感到骄傲和幸福，并且六十年后他依然清晰地记得这件事，可见，赞扬的力量是无穷的。老师、家长在教育孩子时应多动用赞扬的力量。

我记得的第一次表扬使我感到如何的幸福和骄傲！我当时 7 岁，我的父亲要我帮忙在花园里干些活。我竭尽全力卖劲地干活，得到了最丰厚的报酬。*当时他亲了我一下说：“谢谢你，儿子。你干得很好。”60 多年后，他的话仍然在我耳边回响。*

16 岁时，由于与我的音乐教师发生分歧，我处于某种危机之中。后来一个著名的钢琴家艾米尔·冯·萨尔，李斯特的最后一个活着的弟子，来到布达佩斯，要求我为他演奏。他专心地听我弹了巴赫的 C 大调“Toccata”，并要求听了更多的曲子。我把自已的全副身心都投入弹奏贝多芬的“Athetique”奏鸣曲以及其后舒曼的“Papillons”之中。最后，冯·萨尔起身，在我的前额上吻了一下。“我的孩子，”他说，“在你这么大时，我成了李斯特的学生。在我的第一堂课后他在我前额上亲了一下，说：‘好好照料这一吻——它来自贝多芬。’他在听了我演奏后给我的。我已经等了多年准备传下这一神圣的遗产，而现在我感到你当受得起。”

在我的一生中没有别的什么可以比得上冯·萨尔的赞扬。贝多芬的吻神奇地把我从危机中解脱出来，帮助我成为今天这样的钢琴家。不久将轮到我把它传给最值得接受这份遗产的人。

赞扬是一股强劲的力量，是黑暗屋子里的蜡烛。它是一种魔术，我对它的神奇作用总是感到诧异不已。

「好词好句」

解脱

*赞扬是一股强劲的力量，是黑暗屋子里的蜡烛。它是一种魔术，我对它的神奇作用总是感到诧异不已。

## ■名家品评

本章涉及的名人都是我们经常听到的，他们或是科学家，或是思想家，或是音乐家。他们所取得的伟大成就我们有所耳闻，但是对于他们的性格，或是除了骄人成就以外的事，我们却不太了解。通过阅读本章，那些高高在上的名人形象变得更加立体、丰满，从他们做的一些小事或是对事情的态度，我们可以感知到这些名人独特的人格魅力。

## 阅读思考

1. 伽利略在青年时代的雄心是什么？

2. 从《居里夫人的自白》中，我们可以读出居里夫人具有哪些高贵的品质？

3. 从《贝多芬的吻》一文中，我们可以得到什么启示？

# 重点测试

**一、填空题**

1.《涿鹿之战》中讲到黄帝和九黎族的首领__________展开了一场大决战。

2. 夏朝最后的一个王__________是个有名的暴君，________决心消灭夏朝。

3. 秦王嬴政统一了中国，他觉得自己的功绩比古代传说中的__________还要大，于是决定采用“__________”的称号。

4. 隋炀帝开通的永济渠是从洛阳的__________到__________（今北京市）的一条运河。

**二、选择题**

1. 清朝康熙皇帝爱新觉罗·玄烨，年仅多少岁时就登基了？（　）

A.6　　B.8

C.7　　D.10

2. 以下哪个国家没有参与第二次鸦片战争？（　）

A. 英国　　B. 法国

C. 日本　　D. 俄国

3. 1895 年 4 月，清政府在甲午战争中失败，被迫与日本签订的不平等条约是什么？（　）

A.《马关条约》　B.《南京条约》

C.《天津条约》　D.《辛丑条约》

### 三、判断题

1.1896 年甘地出生在孟买北部的卡提阿瓦半岛。父亲是一个小土邦首领。（　）

2. 巨鹿之战是中国历史上著名的以少胜多的战役之一，这里面有一个暗度陈仓的典故。（　）

3. 曹操能够很快占领河北，是听取了谋士郭嘉“隔岸观火”的计策。（　）

### 四、简答题

1. 为什么哈夫拉要把自己的形象雕琢成狮身人面像？

2. 居里夫人放弃申请镭的专利，说明她具有什么样的高贵品质？

# 答案

## 一、填空题

1. 蚩尤

2. 夏桀　商汤

3. 三皇五帝　皇帝

4. 黄河北岸　涿郡

## 二、选择题

1. B　2. C　3. A

## 三、判断题

1. ×，甘地是1869年出生的。

2. ×，巨鹿之战中的典故是破釜沉舟。

3. √。

## 四、简答题

1. 在古埃及，鹰和狮子是人们最为崇拜和尊奉的动物。人们把鹰视为最高的神兽，称作荷拉斯，即太阳神；狮子代表着战神萨克米，是力量的象征，也是各种神秘地方的守护者。所以说，狮身人面像体现了埃及法老至高无上的统治权与神源的力量，雕像从内容到形式都是为了展现这种神秘的力量。

2．居里夫人投身于科学研究，是源于她对科学的热爱，是她想造福于人类。居里夫人认为镭属于全人类，她从没想过以此获得经济利益或是盛名。说明居里夫人具有大公无私、不图虚名、献身科学的高贵品格。